Kiyoi & Hira

「憎らしい彼」

「……神よ」

清居の姿を目に映し、平良はかすれ声でつぶやいた。

第一声がそれなのか。

どんな目に遭っても歪みなく気持ち悪い男だった。

「神さまじゃない。俺だ」（「憎らしい彼」P.253より）

Chara

憎らしい彼

美しい彼2

凪良ゆう

キャラ文庫

この作品はフィクションです。
実在の人物・団体・事件などにはいっさい関係ありません。

目次

口絵・本文イラスト／葛西リカコ

プロローグ

　よくないことを告げるとき、人はさりげなさを装う傾向がある。事務所でスケジュールを確認していると、たった今思い出しましたという風にマネージャーがつぶやいた。

「ああ、そういえば、清居《きよい》くん」

　必要以上にのんびりとした口調に、嫌な予感がした。

「こないだの大場《おおば》さんのやつなんだけど」

　それだけで次の言葉が予見できた。

「ちょっと今回はイメージ合わなかったみたい」

　やっぱりか。以前から何度も舞台に通い、マネージャーを通じて次回作への出演をそれとなく打診していたのだが――。これで二度、同じ演出家に振られた。

「といっても清居くんが駄目なわけじゃなくて、今回は年齢が合わなくて――」

「じゃあ、上田《うえだ》さんは？」

　慰めをさえぎり、清居はマガジンラックから演劇雑誌を取り出し、目当ての演出家のインタビューを探した。

「ほらここ。来年の舞台はフレッシュな面子《メンツ》でやりたいって言ってるだろう。これって外部から役者呼ぶつもりもあるってことじゃないの。ツテ辿《たど》って挨拶させてほしい」

そう言うと、安堵《あんど》と感心が入り混じった目で見つめられた。

「清居くんはメンタル太いねえ。頼もしいというか手間いらずというか」

うなずくマネージャーを横目に、清居は長い足をぞんざいに組み替えた。本音を言えばへこんでいる。憧れの演出家におまえはいらんと言われたのだ。失恋と一緒だ。それも二度も振られてしまった。けれど落ち込んでいる自分をさらすのは嫌だった。

「清居くん、どうしてそんなに舞台が好きなの？」

事務のスタッフがアイスコーヒーを淹《い》れてくれた。

「テレビに比べると大変でしょう。舞台役者や演出家ってアクの強い人多いし、稽古も時間ばっかりかかってギャラと見合わない。ドラマのほうが名前も売れるのに」

「かもね」

適当に答え、ストローの袋をやぶってアイスコーヒーに差した。

テレビドラマが嫌いなわけじゃない。しかし、『観るぞ』と気合のこもった大量の視線がリアルタイムで突き刺さる舞台独特の緊張感と高揚感が清居は好きだ。楽しいとは少し違う。恐怖や不快と紙一重の興奮。

それはおそらく、子供のころの環境からきているのだと思う。

今でも覚えている。下校のときに流れる『家路』という音楽。妙に物悲しいメロディが大嫌いだった。わざとさびしい気持ちにさせて、早く家に帰らせようとしているのだ。あの音楽を聴くと、その手にのるかと逆にむきになった。友人と誘い合って校庭でドッジボールをしたり、誰かの家でゲームをしたり、漫画を読んだりして遊んだ。それでも帰りの時間はやってくる。じゃあバイバイと背を向けた瞬間から清居はむすっとした。

幼いころ、両親が離婚した。母親は夜勤のある仕事に就き、清居は夜をひとりで過ごすことが多かった。自分で鍵を開けて入る家は嫌い。冷たい夕飯を電子レンジであたためてひとりで食べるのも嫌い。壁越しに両隣の家族の団欒《だんらん》の声を聞きながら、ぎゅうぎゅうに押しつぶされるサンドイッチの具になったような気分だった。

清居は毎晩テレビと共に過ごした。バラエティ番組が多かったのは絶え間なく笑い声が響いているからだ。さびしいという感情が入り込まないように、怖い幽霊が近づけないように。

小学三年生のとき母親が再婚し、清居は鍵っ子ではなくなった。新しい父親は優しく、一戸建ての二階には清居の個室があった。学校から帰ると毎日母親が家にいる。もうテレビはいらない。それより両親に今日あったことを話しているほうが楽しかった。

しかし清居の天下は短かった。新しい父親との間に続けざまに弟妹ができ、両親はそちらにかかりきりになった。小さくて、赤くて、いつも口の端からよだれをたらしている猿みたいな赤ん坊は清居の玉座を横取りし、両親の愛情も独占してしまった。

——俺のこともかまえよ。

清居はまた膝を抱えてテレビを見るようになった。ようやく得た場所を奪われ、それをすぐ近くで見つめていなければいけない不満。さらに不満の対象に優しくしなくてはいけないストレスに爆発しそうだったとき、テレビでアイドルのコンサートを見た。

——なんか、こわい。

それは恐怖だった。舞台に立つアイドルに、客席にいるファンが手を伸ばす。届くわけないじゃん。小学生の自分にだってわかることが、この大人たちはわからないのだ。

顔を真っ赤にして、目を輝かせ、涙を流している人までいる。大人も泣くことがあるんだと子供だった清居はますます恐怖を感じた。同時に真逆の羨望《せんぼう》が生まれる。

あんなに必死に求められるって、どんな気持ちなんだろう。

そりゃあ、いい気分に決まっている。

ちらりと見た両親は、やっぱり猿みたいな赤ん坊を嬉《うれ》しそうにあやしていて、ふんとテレビに視線を戻した。泣きながら必死に手を伸ばす常軌を逸したファンたちと、幾千の視線の集約点に立つアイドル。ソファの上で小さく膝を抱え、いいなあと思った。

——俺も、あんなふうに俺だけ見てほしい。

――他の誰にも目もくれず、俺だけ見てほしい。

――そうしたら俺だって、すごくうまく歌ったり踊ったりしてやるのに。


現在、清居は学生と俳優の二足の草鞋《わらじ》をはいている。三つ子の魂百までという諺《ことわざ》もあり、幼少時の体験が関係しているのだろうが、過去のトラウマがどうこうという湿った感情は特にない。アイスコーヒーを飲んでいると、マネージャーがうわとつぶやいた。

「ドローン使って隠し撮りだって」

マネージャーがスマホを見ながら顔をしかめた。イベント終了後の地下アイドルを、ファンがドローンを使って追跡し、自宅マンションの窓から隠し撮りをしたらしい。

「もうファンでもなんでもないな」

清居は吐き捨てた。応援してくれるのはありがたいが、愛が過ぎて一線を越えてしまう馬鹿がいる。出待ち入り待ちなど序の口で、ついにはドローンか。

「最近のファンは怖いよねえ。ＳＮＳのせいで距離感おかしくなってるっていうか」

「清居くんのファンでも危ない子いますよね。若い男の子で」

「ああ、不審くん」

そうそうとみんなが盛り上がるのに反し、清居はむっと眉間をせばめた。

不審くんとは清居の熱烈なファンで、出待ち入り待ち、清居が出演した舞台や映画、テレビやラジオ、雑誌にはどんな端役だろうと必ず長文の感想を送ってくれる。もちろん各種リクエスト企画には『清居奏《そう》』へ清き一票を投じてくれる。

「まあ追っかけ自体は褒められたことじゃないけど、不審くんはファンとしてはよくできた子だよ。出待ち入り待ちも邪魔なところには立たないし、ただ一定の距離から見るだけ」

「見るだけってのも相当気持ち悪いんですけど」

事務のスタッフが、こわーいと肩を抱く真似をする。

「そこは持ちつ持たれつだって。そこら歩いててまったく注目されない芸能人ってのも悲しいし。出待ち入り待ちは迷惑だけど箔《はく》の一種でもあるから」

「それは言えてますね。でもそんないいファンなのに、どうして『不審くん』なんですか?」

最近入ったアルバイトが首をかしげ、それはねえとマネージャーが答える。

「目深な帽子、サングラス、マスク。不審者三種の神器を揃えた三百六十度どこから見ても怪しさ満点な恰好。まあつまり、見たまんまのあだ名なの。速攻で不審くんて呼び名がついて、あれは絶対ヤバいってみんなで対策考えたくらい」

「今どき帽子、グラサン、マスクはヤバすぎですね。後ろに立たれたらダッシュします」

「問答無用で防犯ベル案件」

きもーいと笑い合うスタッフの横で、清居は頬を引きつらせた。

——きもくて悪かったな。そいつは俺の男だ。

と言いたいのに言えず、ストローをがしがし噛《か》むしかない。

そう。清居が所属する芸能事務所から『不審くん』と呼ばれている気持ち悪い男こそが、清居の彼氏、平良一成《ひらかずなり》だ。高二のクラス替えで初めて存在を知った。暗さと痛さが混じりあった隙だらけの男で、すぐにパシリとしていいように使うようになった。

平良はいい奴隷だった。ひどい扱いをされても、いつも嬉々《きき》として清居のためにパンだのアイスだのを忠実な犬のように走って買ってきた。自分は感謝もしなかった。踏みつけにされてもどこか嬉しそうな男に、きもい、うざい、という言葉を投げただけだ。

なぜ、そんな男と恋人になったのか。

自分でも本当に不本意、かつ不思議でならない。なにか呪いにでもかかったかのような紆余《うよ》曲折を経て、気づけば恋に落ちていた。そうして清居のファーストキスも初体験も我がものにしておきながら、平良はなぜか奴隷時代と変わらず清居の追っかけを続けている。

——彼氏なんだから、もうやめろ。

そう言ったら、珍しく反抗された。

——こ、これは未来への希望だから、う、奪わないでほしい。

盛大に言葉を詰まらせながら、意味不明なことを言われた。恋人同士になったとはいえ、平良の気持ち悪さは少しも変わらない。いや、日々重症化している。

平良は高校生のころから清居に心酔しきっていて、自分は清居というキングに仕える一兵卒であると言う。最後の一兵になってもキングを守るとか、金色の川を流れる栄誉あるアヒル隊長がどうのこうのと言っているが、さっぱり意味がわからない。平良の頭の中には常人とはちがうなにかが詰まっていて、半分壊れた回路を流れる思考は清居には理解不能だ。

けっして迷惑はかけませんとお願いされ、しかたなく追っかけを許したが、まさかあだ名をつけられるレベルに達するとは思わなかった。ゲイであることは事務所にはカミングアウトしているが、今さらアレが彼氏ですとは口が裂けても言えない。

「でもさあ、不審くんって意外とイケメンなんじゃないかな」

それまで黙っていた社長が言い、他のスタッフがえぇーと顔をしかめる。

「不審くんってあんな恰好してるけど背は高いし、全体のバランスもいいんだよね。遠くからでも不審くんだって一発でわかる。つまり独特の雰囲気がある。一度声かけてみようかな」

「でも社長、イケメンだとしたら、なんであんな恰好してるんですか?」

――万が一にも、俺の男だってバレないようにだよ。

「同性の追っかけをしてるって恥ずかしいからかな?」

――あいつはそんなことを恥ずかしがるタマじゃない。

「サングラス外したら点目のヒラメだったりして」

どっと笑いが起き、

「誰がヒラメだ」

反射的に目つきを鋭くさせると、ぴたりと笑いがやんだ。

「清居くんのことじゃないよ?」

マネージャーに首をかしげられ、我に返った。

「……あ、うん。じゃあ俺はこれで。お先です」

そそくさと事務所を出ていく背中に、「自分のファンのこと悪く言われて怒ったのかな」「清居くん、ファン思いなんだ」「意外だね」とスタッフの声が聞こえた。

意外で悪かったなと毒づきながら階段を下りていく。腹を立てる一方、社長の審美眼に感心していた。さすが長年芸能界という荒波を泳いでいるだけあって見る目がある。

確かに平良はきもい。不審者っぽい変装をしていなくても、普段からきもい。顔立ちとしては整っているし、スタイルも百八十センチを超す長身なのに、それをまったく活用しない。小学校時代から通っている地元の床屋で髪を切っているし、服は年中チェックシャツにチノパンかジーンズ。人の目を見て話せないし、うつむきがちにぼそぼそしゃべるし、そのくせ長めの前髪からちらっとのぞく仄暗《ほのぐら》い目には奇妙な力強さがあって、アンバランスさに不安感を煽《あお》れる。漫画家にストーカーの見本を描かせたら平良のようになる、という見た目だ。

しかし、平良を嗤《わら》っていいのは自分だけだ。

他の人間が平良を軽んじることは許さない。

だいたい連中は知らないのだ。平良は洒落《しゃれ》っ気がないだけで、ちゃんとスタイリングしさえすれば、そこらのモデルなど足元にも寄れない男前に変身する。以前、芸能人仲間の飲み会に連れていったときは、平良本人が怯《おび》えるほどのモテっぷりだった。イケメンバージョン平良を見たら、スタッフの女連中も絶対にぼうっとなるに決まっている。

——ま、俺の男だけどな。

ふふんと鼻で笑い、清居は帰り道を急いだ。

珍しく平良を庇《かば》う気持ちで帰宅したが、家の中は暗かった。まだ帰っていないのかと居間の電気をつけ、反射的に一歩下がった。ラグの上に胎児のように膝を抱えて丸まっている平良がいた。ありがとう、さようならとぶつぶつつぶやいている。怖い。なにごとだ。

「なにしてんだよ」

さわるのが嫌なので足でつついたが、平良は丸まったまま動かない。

「……清居のいない世界で生きていたくない」

またなにか平良ワールドに入っているらしい。超絶気色悪い。しかしコレが彼氏なのでしかたない。清居は平良の横にあぐらで腰を下ろし、ごろりと転がして仰向《あおむ》けた。

「誰がいないって？」

上から視線を合わせると、ようやく平良の目に正気が戻った。

「……あ、き、清居、おかえり。ごめん、出迎えもしないで」

「出迎えはいいから、せめて普通に待ってろよ。きもすぎんだよ」

平良は以前も清居が死ぬドラマを見て絶望し、後追い自殺の予行演習をした挙句、本当に死にかかった男だ。この気持ち悪さに比べたら不審くんなんてあだ名はかわいいものだ。

「今度はなんだ。俺の葬式でも妄想したのか」

平良は首を横に振り、清居を見つめた。

「……清居と俺は、今月いっぱいで別れることになった」

意味がわからず目を眇《すが》めた。

「なんだよ、別れるって」

「……離婚するかもしれない」

「離婚？」

ますます意味がわからない。離婚。離婚。離婚……？　何度か同じ言葉を繰り返し、ようやく状況が飲み込めてきた。おい、ちょっと待て。こいつは今、俺に、別れ話をしているのだろうか。理解した瞬間、怒りが生まれた。平良の分際で別れ話とはなにごとだ。

「ふざけんな！」

頭で考えるよりも先に言葉が飛び出した。

「俺の了承も得ず、なに勝手に決めてんだ。俺のなにが不満だ」

「き、清居に不満なんてあるわけないだろう」

「じゃあなんでだ。理由を言え」

「菜穂《なほ》ちゃんが決めたことなんだよ」

「女か！」

胸倉をつかみ上げると、ひいっと平良が顔を引きつらせた。

「ご、ごめん。わかったよ。菜穂ちゃんに旦那さんと別居しないよう頼むから」

「旦那？」

「菜穂ちゃん、旦那さんにずっと浮気されてて、もう我慢できないって別居することにしたんだって。旦那さんとは話し合いが続いてて、離婚するかはわからないけど、とりあえず子供連れて来月には実家に帰ってくるって言ってるんだ」

清居は眉根を寄せた。

「…………菜穂って誰だ？」

「俺の従姉妹《いとこ》で、この家からお嫁にいったお姉さん」

状況を正しく理解し、清居は脱力した。

平良と自分が暮らすこの家は渋谷《しぶや》まで電車ですぐに出られる便利な立地の上、広い庭と娘が使っていた完全防音のピアノ室つきで、深夜の台本読みにも困らない。海外出張が決まった叔母夫婦から管理を任された平良と、なに不自由ない同棲《どうせい》生活を送っていたのだ。

しかし旦那ともめた長女が帰ってくるから、自分たちはこの家を出なくてはいけないという単純な話だったのだが、そこに辿り着くまでの精神的疲労に清居は溜息をこらえた。

「今月で清居とはお別れなのかと思ったら、生きる気力が尽きて……」

で、悲しみのあまり居間でくたばっていたわけか。

「事情はわかった。でも、俺たちが離れる必要はないだろう」

「え?」

「どっか新しい部屋を借りればいいだけの話だ」

平良はまばたきをした。

「あ、新しい部屋って、まさか……」

「俺とおまえの新居だ」

平良はかっと目を見開いた。さあ、存分に喜ぶがいいとふふんと顎を反らしたが。

「それ、本気?」

信じられないという顔をされた。しかも馬鹿な相手を諫《いさ》めるような、自分はそんなこと考えたこともないという問い方。なぜだ。突然の同棲生活の終焉にあれほど打ちのめされていたのだから、ここはありがとうございます一択だろうが。なぜそんな反応になる。

「き、清居、よく考えたほうがいいよ。新しく部屋を借りるなら、清居が今借りてるワンルームは引き払うことになる。そんなこととして、ひとりになりたいときはどうするの。もちろんそのときは俺が出ていくからいいんだけど、気持ちの問題として――」

平良はうつむきがちに、ぼそぼそとネガティブを吐き出し続ける。

「おまえ、俺と住みたくないの？」

聞いた瞬間、後悔した。くそ、これでは自分のほうが平良と暮らしたがっているようだ。

平良ははじかれたように顔を上げた。

「す、住みたい。住みたいです。信じられないくらい嬉しいよ」

ようやく望んだ答えが出たが、遅かったので満足にはほど遠かった。

「じゃあ、余計なことをつべこべ言うな」

「ごめん。えっと、あ、部屋を借りるならどのあたりがいいんだろう。清居は便利なところがいいよね。家賃とか生活費は俺がバイトして稼ぐ。清居に迷惑かけないから」

興奮して、平良の目元は濃い朱色に染まっている。じわりと喜びがにじみ出す。しかしまだまだ。もっと自分をいい気分にさせろ。でないと笑顔を見せてやることはできない。

「コミュ障のおまえにバイトなんてできるのかよ」

「できる。絶対にやる」

勢い込んだあと、平良は我に返ったようにうつむき、多分……とつけくわえた。

吃音《きつおん》という病気があることを、平良と出会って清居は初めて知った。緊張したりすると言葉が詰まる。高二の新学期初日の自己紹介のときもそうだった。

——ひ、ひ、ひ、ひ、ひ、ひひ。

平良一成です。たかが自分の名前を言うだけのところで、平良はつまずいた。子供のころから底辺人生だったろうことは、その場にいた全員にわかった。同時に、こいつは踏みつけてもいい、という根拠のない認識が教室に広まった。自分も加害者のひとりだ。

「清居、俺、絶対にがんばるから」

平良は繰り返すが、おそらく最初の面接で苦労するだろう。ちゃんと詰まらずに話ができるのか。馬鹿にされたりしないか。想像した瞬間、ぽろりと言葉がこぼれた。

「無理すんな。いざってなったら生活費くらい俺が出してやる」

平良がぎょっとした。え、え、でも、と慌てふためいてる。

「俺は学生だけど事務所からちゃんと給料もらってるし、正直、おまえひとり養うくらいは余裕で稼いでいる。今度でかい仕事も決まりそうだし」

「そうなの？」

「ああ、連ドラ。多分、準主役クラス」

すごいと平良が目を輝かせる。清居自身は舞台を志向しているが、事務所は稼げるテレビ仕事も取ってくる。無理強いはされないし、評判いいからと言われると悪い気はしない。

「いつから放送？」

「秋だけど、俺の役はまだ本決まりじゃない」

「絶対に決まるよ。準主役なんてすごい。すごく楽しみだ」

まあなとうなずきつつ、好きな演出家のオーディションに落ちたことは言わなかった。見栄っ張りだと思うが、人に弱みを見せたくない。それは彼氏相手でも同様だった。

「じゃあ、俺もがんばってバイト決めないと」

「だから無理すんなって」

「生活費を清居に出してもらうなんて、できるわけないだろう」

真顔で言われ、それはそうだと深く納得してしまった。どうして自分が同い年の男を養わなくてはいけないのか。ホストに貢ぐ馬鹿女か。自分が果てしなく気持ち悪い。

自分でいうのもなんだが、かなりわがままな性格だと思う。優しくないし、気を遣うのも苦手だし、基本他人はどうでもいい。清居くんはメンタル太いねえ——聞き飽きた。

なのに平良と話していると、ちょくちょく自分に裏切られる。

なぜだ。いつからこんなふうになったのか。

じりじりと焦げそうな視線を頬に感じる。平良が自分を見ている。初めて会ったときからそうだった。気づくと、じっと焼けるような熱い目で清居を盗み見ている。

最初は気持ち悪かった。ひどく不快だった。いらいらし、馬鹿にし、便利に使っているうちに、いつの間にか平良の視線はなくてはならないものになっていた。

――俺もあんなふうに俺だけ見てほしい。
――他の誰にも目もくれず、俺だけを見てほしい。
――そうしたら俺は、すごくうまく歌ったり踊ったりしてやるのに。

忘れかけていた子供時代の記憶を、平良の視線は完璧に再現させた。泣きながらアイドルに熱狂していたファンの姿。畏れと同種の興奮。不快と紙一重の高揚感。それらは舞台での感覚に似ている。ちがうのは、何百もの視線を平良はひとりでまかなう、ということだ。

たったひとりだけで、平良は清居をぐちゃぐちゃにした。

神に一生を捧げる尼僧のように清居にひざまずき、一定の距離以上けっして近づこうとしない男に何度も煮え湯を飲まされた。恋がしたい自分と、敬う対象としか見ない平良。どこまでもすれ違う関係に、最後は、愛してくれないなら放っておいてくれと逆ギレして泣いた。

つまり、自分から告白する形になってしまったのだ。

こんなきもうざに、自分から愛を乞うてしまった。

思い出した瞬間、恥で死ねるほどの羞恥に身が縮んだ。

「……なにか怒ってる？」

おそるおそる問われ、平良をにらみつけた。

染めたことなどない黒髪。セットもせず、洗いっぱなしのばさばさした前髪で目を隠している。表情にとぼしく得体のしれないところがある。ついでに服もださい。

ジャッジするほどに、なぜこいつなのかと腹立たしくなってくる。

自ら最低に近い判定を下した男を好きになってしまったばかりか、この先も暮らしを共にしたいと願っている。なぜなら、平良は自分からはけっして距離を詰めてこないからだ。離れたら離れっぱなし。自己完結したマイワールドの中で、清居を神のように崇めているだけで満足してしまう。それをふたたび詰めるための苦労を想像するだけで歯ぎしりしたくなる。

「……平良のくせに、いい気になるなよ」

「え？」

「風呂入ってくる。おまえは飯でも作っとけ」

いきなり怒られて戸惑っている平良を置き去りに、横暴亭主のように清居は大股で風呂場へ向かった。完全なる八つ当たりだ。しかし八つ当たりでもしなくてはどうしようもない。信じられないが、それほど自分は平良にいかれているのだ。ああ、信じたくない。

神さまのミスジャッジ

夫と別居することになったから、子供をつれて実家に帰ると菜穂《なほ》から連絡がきたとき、目の前がすうっと暗くなり、平良《ひら》はラグに膝をついた。あきらかに貧血だった。

ついに神の修正作業がはじまったのだ。

清居《きよい》とつきあって半年ほどが経つが、ずっと平良は怯《おび》えていた。吃音《きつおん》が原因で奇異の目で見られ、ひとりぼっちの野良底辺だった小中高時代。大学でようやく持ち直したが、まさか夜空の綺羅星《きらほし》のごとき存在だった清居と恋がはじまるなんて夢にも思わなかった。

これは神のうっかりミスに違いない。いつ神がこのミスに気づき、修正をかけてくるか。そのときがついにきたのだと、平良はあきらめの境地で静かにラグに倒れ込んだ。もう指一本動かす気力がなく、やわらかなラグに、ただ胎児のように丸まって悲しみに耐えた。

神を恨む気はない。

半年間でも夢を見せてもらえた。

この美しい思い出を胸に抱き、静かに余生を生きていこう。

ありがとう。さようなら。ありがとう。さようなら。

少しずつ夜があふれてくる暗い部屋で、ラグに倒れたまま、感謝と別れを繰り返した。今回の引っ越しを皮切りに、怒濤《どとう》の勢いで終わりがはじまるのだろう。負の感情に自分は八つ裂きにされるだろう。ありがとう、さようなら。ありがとう。さようなら。

しかし地獄から一転。清居の同棲《どうせい》続行宣言に第七天国まで押し上げられた。神は一体なにをしているのだ。うっかりミスがどんどん拡大しているが、昼寝でもしているのだろうか。とりあえず自分の命が尽きるまでの間は寝たままでいてくれと心の底から願った。

もちろん試練はある。清居と暮らしていくにあたって必要な経済力。菜穂の別居はすでにうちの両親の耳に入っていて、母親は当然、平良が実家に戻ると思っている。吃音という病を抱えていたせいで、大学生になった今でも母親はひとり息子に過保護を発揮する。

親には悪いけれど、清居との暮らしは平良にとって最優先事項だ。バイトなんて不安でしかたないし、見知らぬ人と話をするのは緊張する。できるなら避けて通りたいけれど、どれだけ避けてもどうせ来年には就活という嵐の海に投げ出されるのだ。

スーツや面接は、平良にとって絶望の象徴でしかない。きっと緊張で吃音が出る。きっと『今後の活躍を心よりお祈り』される不採用通知の山が築き上げられるだろう。それに埋もれて息も絶え絶えな自分の姿が簡単に想像できる。恐ろしい。

おそらく自分は就活に挫折する。大学を卒業後は実家の二階に生息し、何年もかけて腐っていく自分の姿を想像して震えていた。しかし、もうそんな未来はありえない。清居との暮らしのため、恐いものからは回れ右という姿勢から脱却せねばならない。

「えーっと、平良一成《かずなり》くん、もうすぐ二十歳の学生さんね」

目の前で、店長というプレートを胸につけた小太りの男が平良の履歴書を手につぶやいている。自分は今、コンビニエンスストアのバックヤードで面接を受けている。

「今までどんなバイトしてたの？」

大丈夫、想定内の質問だ。汚水を泰然と流れゆくアヒル隊長のイメージを思い浮かべ、すうとゆっくり呼吸した。小学生のとき下校途中に出会った、平良の人生の師匠だ。本来ならあたたかな風呂でぷかぷかと浮いていただろうに、なぜか汚い用水路を流れていく羽目になったアヒル隊長を自分に重ね、どんなピンチもアヒル隊長からの教えを胸に乗り越えてきた。

――なるべく心を平らかにすること。刺激に敏感にならないこと。

――汚れた人工の川を、クルンとした睫《まつげ》で流れていったアヒル隊長のようであれ。

この呪文をもう何千回唱えただろう。一回、二回、三回。焦って吃音が出ないよう、深呼吸で腹の下に空気をためて揺らぎを抑える。店長が足で床をとんとんと鳴らす。

「バイトは、したことがありません」

散々待たせた挙句にそれかよ、という顔をされた。

「大学生なのに今どきねえ。じゃあ、なんで急にバイトしようと思ったの」

平良は固まった。そんな個人的なことを聞かれるとは思わなかった。

——恋人と暮らすために、生活費を稼ぎたいからです。

理由としては単純だった。でも言いたくない。自分にとって宝物のような秘密を、なぜこんな埃《ほこり》っぽい場所で、床をとんとんと鳴らす小太りの男相手にさらさなくてはいけないのか。

「コンビニなら楽かなって思った？」

思いもよらないことを言われ、

「は？」

と思わず聞き返してしまった。それが癪《しゃく》に障ったのだろう。店長はあからさまに不機嫌になり、そういうの多いんだよねえと平良の履歴書をぺらぺらと振った。

「コンビニなんて楽勝って思ってるのかもしれないけど、これでも結構大変なんだよ」

店長は嫌な感じに目を細めて笑った。

「ほら、コンビニって便利でしょ？　お客さんが便利なほど、サービスを提供する側の負担は増えるってことわかる？　覚えることたくさんあるよ？　きみにできるかなあ？　きみ、さっきから全然しゃべらないね。質問に答えるの嫌なの？　だるいとか思ってる？　ゆとり通り越してさとり世代っていうんだよね。ニーチェ先生って漫画、あんな感じ？」

——この人、なに言ってるんだ？

矢継ぎ早の質問に呆然《ぼうぜん》としていると、聞いてる？　と強めに聞かれた。聞いてます。そう言おうと口を開いたと同時に舌打ちをされてどきりとした。あ、やばい、きた。

「き、き、き、き、き、きき、き」

言葉が詰まる。ああ、落ち着け、自分。心を平らかに。刺激に敏感になるな。アヒル隊長の教えを思い出せ、しかしこうなるともう駄目だ。硬直した真顔で単音の豆鉄砲を連射する平良に店長は怯え、慌てて笑顔で取り繕った。

「あ、ごめんね、最初からいろいろ言ってもわからないよね、うん、じゃあ以上で面接終わります。おつかれさまでした、結果は三日以内に連絡させていただきますね」

最後だけ丁寧な言葉遣いで追い出されてしまった。


百二十パーセント落ちたなと、平良は肩を落として大学に戻った。講義を休んで受けた面接は最悪の二乗で、どん底気分でカメラサークルの部室に向かった。

「お、面接どうだった」

部室に入るなり部長に問われたが、「あ、まあ、いいや。気にすんな」とすぐに視線を外された。顔を見ただけで不首尾がばれてしまうなんて、自分が情けない。

「もしかして吃音でちゃった？」

いつもの席に腰かけると小山《こやま》が聞いてきた。小さくうなずく。

「それで落とすとこなら、こっちからお断りでいいと思うよ」

「だべ」

「んだんだ」

みんなもうなずく。平良が吃音持ちなことをサークルのみんなは知っている。だから楽なのだが、楽な場所にいて甘えているから駄目なのだろうかとも思う。

「バイトなんて腐るほどあるよ」

小山が慰めるようにポッキーをくれた。見たことのない薄紫色のクリーム。

「限定の巨峰味。こないだ実家から送ってきたんだ」

かじると葡萄《ぶどう》のフレーバーがした。特にポッキーにしなくてもいい味だった。

小山とは以前、友人以上恋人未満な関係だった。清居の存在があって正式なつきあいにまではいたらず、気まずい時期もあったが、今はなんとなく友人に戻っている。

「大丈夫だよ。うちの兄さんも吃音持ちだけど普通に就職してるし」

そうだなとうなずいたものの、あまり浮上はできなかった。

少しでも吃音が出ないよう、深呼吸に間をとりすぎた時点で失敗した。あの店長の態度は感じが悪いと思ったけれど、初めての面接だから知らないだけで、あんな対応はよくあることなのかもしれない。世の中は厳しいとみんな言う。だとしたら耐えなくてはいけない。

「登録制アルバイトはどう？」

小山に言われた。最初に面接を兼ねた登録に行き、そこからバイトを紹介してもらうシステムらしい。嫌なら断ることもできるというのがよさそうに思えた。ネットで学生におススメのエージェントを調べ、とりあえず明日の予定で登録の予約をした。

「平良、すごい行動力」

「自分でも驚いてる、でも、へこんでる時間もないんだ」

来月には菜穂が帰ってくるので、その前に新居を探そうと清居と話し合っている。

「清居くんのためだと平良は別人になるね」

からかうように笑われても、心ここに在らずで生返事をした。

翌日、約束の時間にエージェントのオフィスを訪ねた。スーツ姿のスタッフの中で、自分だけが場違いな気がして落ち着かない。必要事項を書き込んだシートと一緒に、今度は最初から吃音があることを担当に打ち明けた。なにを聞かれても固まらず、てきぱきと返事をしよう。テーブルの下で拳をにぎり込んでいると、大丈夫ですよと言われた。

「うちはいろんな方や企業が登録されていて、職種も豊富です。それぞれに合ったお仕事を紹介させていただくので、気になることや希望があればどんどん仰《おつしや》ってくださいね」

訓練された笑顔は、幼いころ吃音で通っていた医者に似ている。嫌な感じはしない。この人はマッチングのプロなのだと逆に安心できた。

「今すぐ紹介できるバイト先もありますよ」

たとえば……と担当者はパソコンを操作して平良の希望に合うバイトをいくつかピックアッ

プした。こちらだと面接もないですと言われ、その場で決めた。

バイトが決まったことを報告すると、清居は目を見開いた。

「こないだの今日でもう決まったのか。ちゃんとしたとこなのか？」

清居は夕飯の代わりに難しい顔でプロテインドリンクを飲んでいる。今でも完璧なスタイルなのに、仕事の都合でもう少し硬めに絞るのだという。役者は大変な仕事だ。

「焦っておかしなバイトに引っかかってないだろうな。マグロ漁船とか」

「違うよ」

「治験のバイトもやめろよ。あとでなにが起きるかわからない。ピンクのビラ貼りやティッシュ配りもピンハネ率高いからやめろ。あとやたら女が多い職場も駄目だ。おまえは普段はどうしようもないけど、本気出したらかなりイケ……いや、まあ、いろいろあるし」

「人材エージェントに登録して紹介してもらったんだけど、駄目かな」

企業名を言うと、清居はスマホで検索をかけ「メジャーだな」とつぶやいた。

「で、なんの仕事？」

「お菓子工場のライン作業。しゃべらなくてもできるからって」

清居はようやく納得いったようにうなずいた。

「若さの欠片《かけら》もない地味バイトだけど、ぼっち気質のおまえには向いてるかもな。いつもフォトショでネチネチ俺の写真加工してるし、流れ作業にも耐えられるだろ」

「夜勤だから時給もいいみたい」

「夜勤？」

「週に三日。夜の十時から翌朝五時まで」

「週に三日も留守にするのか？」

思いがけず嫌な顔をされた。

「昼間は大学があるし、細切れであちこちいくよりも、一ヶ所で集中して働くほうがいいと思ったんだ。でも清居が嫌なら他のところにするよ」

「……別に嫌ってわけじゃ」

と言いつつ、薄く形のいい清居の唇がわずかにとがっている。

「やっぱり、明日もう一度担当さんに相談してくるよ。夜は家にいられて、大学と両立できる時間帯で、短時間で高額稼げるバイト探してくるから」

「そんな条件のいいとこ、あってもおまえには回ってこない」

清居のストレートな言葉はナイフのようで美しい。自分にはない鋭い切れ味に惚《ほ》れ惚《ぼ》れする。

「でも探すよ。清居が嫌がることはしたくない」

そう言うと、ちらっと上目遣いで見られた。

「いいよ別に。大学もあるし、今のは俺が無茶だった。普通のやつにはきつい流れ作業もおまえには楽なんだろうし、けど無理はすんなよ。駄目だと思ったらやめろ」

本来なら仰ぎ見るしかないキングからの言葉に、胸が激しく震えた。

「き、清居、お、俺、がんばるから。清居に迷惑かけないよう、けっして無職のヒモや引きこもりニートにはならない。死ぬ気でがんばる。たとえこの身が砕けようとも」

「菓子工場の流れ作業ってそんな危険な仕事じゃねえだろ」

「なにがあってもやり遂げるよ。たとえ血反吐《ちへど》を吐いても」

「だから流れ作業で血反吐とか吐かねえから。まあそんな気負うな。俺は今はやりたい仕事でそれなりに稼いでるし、おまえのひとりやふたり食わすくらい――」

清居は途中ではっと表情をこわばらせた。

「今のは嘘だ。馬車馬のように働け。俺に迷惑かけたらその場で捨てるぞ」

ふんと顔を背けられ、平良は神妙にうなずいた。

至高のキングが自分などとつきあい、さらには正式に同棲しようとしてくれている。

これ以上の幸せはなく、偉大な神のうっかりミスに感謝するしかない。

けれど、ミスはいつか修正される。それが世の理《ことわり》だ。

そのときがくるのがひどく怖い。けれど、いつか終わるとわかっているからこそ、目に映る清居は刹那《せつな》の美しさに満ちている。散るからこそ花が美しいのと同じだ。

平良はテーブルに置いてある一眼レフを手に取り、ごく自然に構えた。ファインダーをのぞくと、四角く切り取られた空間に清居が映る。

カメラは平良の唯一の趣味だ。吃音が原因でクラスでも浮いた存在だったひとり息子を心配し、なんとか外に目を向けてほしいと両親が買ってくれたのがきっかけだった。けれど人嫌いの平良が撮るのはもっぱら風景で、それも写した風景から人間だけを消していくのが好きだった。つまり両親の期待は外れ、写真は現実逃避の手段となった。

そんな自分が、初めてポートレイトを撮りたいと願ったのが清居だった。実際、身内以外は清居しか撮ったことがない。バシャリとシャッター音が響く。レンズを向けられても、清居は笑ったりしない。かといって不機嫌になりもしない。

平良が写真を撮っているとき、清居はいつも好きなことをしている。テレビを見たり、漫画を読んだり、今は頬杖でスマホをいじっている。うつむきがち、清居の美しく切れ上がった目元に薄茶色の前髪がかかっている。すっと通った鼻筋と、冷たい言葉が似合う薄い唇。

高校時代からずっと、放課後の音楽室や教室で、人目を避けるように密《ひそ》かに清居を撮り続けてきた。もう何千枚にもなる。ずっと増え続けてほしいけれど、いつか、もう一枚も増えなくなるときがくるのだろう。考えるだけで苦しくなっていく。

「そういえば、バイトいつからなんだよ」

スマホをいじりながらの問いかけに、金曜からと答えた。

「え、明後日じゃねえか」

清居が驚いたようにこちらを見た。その顔も撮った。

「十時からだし、夕飯はちゃんと作れるから」

「誰がそんなこと言った」

清居はむすっとしたまま、テーブルを回ってこちらにやってきた。だんだんと近づいてくる清居も撮る。これは連続でデータを並べよう。ファインダー越し、にゅっと手が伸びてくる。そのままカメラを奪われ、開けた視界の向こうでしかめっ面の清居と目が合った。

「なにをのんきに写真なんか撮ってんだ」

「のんきじゃないよ。清居の写真を撮るときはいつも真剣だ」

「そんなことを言ってるんじゃない」

清居は取り上げたカメラをテーブルに置くと、向かい合う恰好で平良の膝に座った。

「清居？」

首に腕をかけられ、心臓がおかしな動きをする。

「今日はするからな」

平良を見下ろし、思い切り不機嫌そうに唇を寄せてくる。

触れた瞬間、くらりと幸せな眩暈《めまい》を起こした。

金曜の夜、工場という場所に生まれて初めて足を踏み入れた。

白いてらてらした衛生服に着替え、消毒の霧を全身に吹きかけられたあと、食品が流れるレーンの前に連れていかれ、作業の説明を受けた。前日からひどく緊張していたが、流れてくるモンブランに黄色い栗を一粒のせるという仕事には五分で慣れた。

吃音を心配していたが、食品を扱うのでおしゃべりは禁止、さらにマスクと帽子と手袋と揃いの衛生服で誰が誰だかわからないことも助かった。他人との関わりが苦手な平良は、まるでロボットになった気分で淡々と同じ動作を繰り返した。

人生初のアルバイトは、数多《あまた》ある憂鬱のひとつから平良を自由にしてくれた。来年に迫りくる就職活動にずっと怯えていたけれど、少なくとも自分はモンブランに栗をのせるという仕事ができることが証明された。滑稽なほどささやかだが、それは確実な安心になった。

世の中には踏みつぶす側の人間と、踏みつぶされる側の人間がいると知ったのはいつだっただろう。緊張すると言葉がつかえる自分はあきらかに後者で、平良を取り巻く世界は少しも明るくなく、美しくなく、優しくもなく、どんどん細くなっていく道幅によろめきながら、いつかバランスを崩して奈落《ならく》に滑落するだろうと怯える日々だった。

灰色の世界が反転したのは、高二の春だった。

清居は美しかった。鈍重な灰色を切り裂く光だった。

あの日、平良の額に押された清居の烙印《らくいん》は四年経った今なお一層の輝きを放ち、ゴミ屑のように汚水を流されていくだけだった自分は、気高く美しいキングが支配する王国で、金色に輝く川をゆらゆらと流れている。清居が照らす世界は苦しいほどに美しい。

ラインの上を黄色いモンブランが流れてくる。工場の中には甘ったるい安菓子の匂いが充満していて、みなうんざり顔で作業をしている。けれど平良は楽しかった。

この栗の一粒が、清居とふたりで暮らす部屋となる。

この栗の一粒が、清居とふたりで眠るベッドになる。

この栗の一粒が、清居とふたりで食べる食事になる。

この栗の一粒が、清居とふたりで入る風呂の湯になる。

ゆるやかに流れゆく菓子のレーンは輝く金色の川にも似て、たまらない幸福感がこみ上げてくる。丁寧に栗を置いていく中、こらえきれずにデュフッと笑いがもれた。向かいで作業をしているおじさんがびくっと身体を揺らした。しまった。しかし抑制できない。マスクの下でにやにや笑いをしながら、妙に自由な気分でバイト初日は終わってしまった。

ロッカールームで着替えているとき、見覚えのある顔を見つけた。清居の出待ちをしているときにたまに会う男で、男の目当ては清居ではなく安奈《あんな》だ。

安奈は清居の所属事務所の看板女優で、最近、清居との共演が増えた。清居のブレイクを見込んだ事務所が安奈のバーターとして清居を売り込んでいる、という話を出待ち中に安奈のファンが話しているのを聞いた。真偽はわからない。清居は仕事のことをぺらぺら話すタイプではないし、清居が話さないことを平良から問うこともない。

工場から出る送迎バスで駅まで運ばれ、始発で帰る。みんなだるそうに階段から近い車両に乗る。平良は群れから離れてホームの端までいき、最後尾の車両に乗った。誰もいない。

かたんと車両が揺れて、窓越しに風景が流れ出す。夜明け前、一番暗い世界の東側から闇をなぎ払う強いオレンジの光が生まれるのをぼんやりと眺めた。七時間立ちっぱなしだった身体に、レールを辿《たど》る振動が沁みてくる。心地よかった。

最寄駅のコンビニエンスストアに寄って、サンドイッチとコーヒーを買った。早朝なのに結構人が歩いている。犬を散歩している老人。早すぎるだろうと思ったけれど、亡くなった祖父も早起きだった。年をとるとあんまり眠れないんだと言っていたことを思い出す。

——早朝の街って好きかも。

帰宅した家は静まり返っていた。清居を起こさないよう静かにシャワーを使い、朝食を持ってそっと階段を上がる中、踏み板が軋んでひやりとした。清居の部屋の前に立つ。

このドア一枚向こうに清居が眠っている。

ドアを開けて寝顔が見たい。けれど開けない。

いつまでも仰ぎ見ていたい美しい世界に、ずかずかと入っていくことはしたくない。

ドアにもたれ、深い海の底みたいな廊下に三角座りで腰を下ろした。サンドイッチのセロファンをはがして、コーヒーと一緒に簡単に腹を満たした。

ひとつ息を吐いて、目を閉じる。ドア一枚向こうに清居の世界がある。自分は門番のようにキングの眠りを守っている。この歓びを誰に理解されずとも構わない。

誰にも触れられたくない。これは自分だけの楽園だ。


久しぶりに両親に呼ばれて帰った実家の食卓には、平良の好物ばかりがところせましと並んでいた。菜穂の別居に伴い、叔母の家を出なくてはいけなくなったことは両親の耳にも入っていて、当然のように息子は実家に戻ってくると思っている。

「実家には戻らない」

「え、じゃあどこに住むの?」

母親が眉をひそめる。父親も、おや、という顔をした。

「友達と住む」

ふたりは驚き、そのあと嬉《うれ》しそうに顔を見合わせた。吃音が原因で子供のころからいじめられてきた平良もつらかったが、それを見守るしかできない両親もつらかった。平良にルームシェアをするほど打ち解けた友人がいるという事実を、両親は単純に喜んだ。

「大学のお友達?」

母親が身を乗り出してくる。

「前に叔母さんちで会っただろう。清居。今もほとんど一緒に住んでるみたいなものだし」

「ああ、高校時代からのお友達ね。すごく綺麗《きれい》な子だったわ」

じわりと喜びが広がった。清居が褒められるのは、いつなんどきでも嬉しい。

「高校のときからすごく人気があったよ。今は俳優をやってる」

「俳優？」

ふたりの驚いた様子に、平良のファンメーターが急上昇しはじめる。

「去年の夏、清涼飲料水のＣＭに出てた。海辺を若い子が四、五人で走るやつ」

「覚えてる。あの中に清居くんが出てたの？」

「春のスペシャルドラマにも出てた。堺浩文《さかいひろふみ》が医者役で出てたやつ。清居は息子役」

「いやだ、それも見たわ。息子役もどこかで見たようなって思ってたけど、まさか清居くんだったなんて。あ、先週いった美容院で読んだ雑誌にも載ってたわよ。人気急上昇中の若手俳優だって見開きのカラーグラビア。最近の子は綺麗ねえって思って見てたの」

すごいわを連発する母親に、平良の中でついにスイッチが入った。

「うん、清居は本当にすごいんだ。高校生のころからモデルの仕事してて、まだ大学生だけど将来必ずブレイクするって事務所から見込まれて推されてるみたい。近いうちに連ドラの準主役が決まりそうだって言ってた。今週のフジコ・デラックスの番組にも出るよ。来月は雑誌がふたつで、ひとつはロングインタビュー。えっとあとは――」

　平良はスマホを取り出した。カレンダーには清居のスケジュールが書き込まれている。ネットやファンサイトから調べたもので、テレビ・ラジオの放送日、雑誌の発売日。どんな小さな記事も平良はピックアップする。都合が合えば出待ちをする。今一番楽しみなのは、スターライトシリーズのイメージＤＶＤだ。メイキング映像に特典で直筆サイン入りトレカがついている。しかも三種類。自分では選べないのでコンプリートするのに少し苦労しそうだ――ということをスマホを手にぶつぶつつぶやいていると、

「……カズくん」

　と小さく呼ばれて視線を上げた。

「お友達っていうより、なんだかファンみたいね？」

「ファンだよ」

「ファンで、お友達なのね？」

「友達なんかじゃない」

　反射的にむっとした。清居と自分が『友達』なんて。そんな畏れ多いこと。

「でも、さっきお友達って言ったじゃない」

　そこで我に返った。しまった。そうだ。この場では自分と清居は『友達』だった。しかしファンというものは対象が褒められると無条件に嬉しくなる生き物なのだ。そしてどうすごいの

かを情熱のままもっと詳しく説明したくなる。そして引かれる。

「うん、友達だよ」

もうこれ以上しゃべらないほうがいいと、平良はうつむいてエビコロッケをかじった。母親はもっと聞きたそうだが、けっして目を合わせてはいけない。さっさと夕飯を食べ終え、ごちそうさまでしたと席を立った。じゃあ、そういうことだからと鞄《かばん》を手に取ろうとしたとき、

「待って、カズくん」

おそるおそる振り返った。

「久しぶりなんだから、今夜は泊まっていきなさいよ」

「いい。外泊するって清居に言ってないし、早く帰って夕飯作らないと」

「お友達なのに、カズくんが夕飯を作ってるの？」

母親はなにやら泣きそうな顔になり、やばい気配を感じた。

「……あ、じゃあ、泊まろうかな」

ひとまずここは要求を受け入れたほうがいいと判断し、逃げるように二階に上がった。家を出てからも母親が掃除をしてくれている自室は以前となにも変わりない。

——どうしよう。すごい失敗をした気がする。

ベッドに腰を下ろし、平良は前傾姿勢の頬杖で考えた。つい我を忘れてファントークを炸裂《さくれつ》してしまった。自分的には『さわり』程度だけれど、両親には奇異に映ったかもしれない。

——もし「おつきあいしてるの？」と聞かれたらどうしよう。

もちろん否定する。清居とのつきあいは神の采配ミスであり、ミスが修正されたあかつきには、自分は速やかに清居の前から退場しなくてはいけない。輝くばかりの清居の人生に汚点を残さないためにも、今の関係は秘密にしておくべきだ。

——口が裂けてもシラを切ろう。

三十分ほど考えて答えが出たところで、思い出して清居にラインを入れた。今夜は実家に泊まることと夕飯を作れないこと。返事は、わかった、と一言だけきた。

清居は現実でもネットでも変わりない。ことさら自分をよく見せないし、そっけなく冷ややかだ。真冬の冷水にも似た清々しさに、自分は数限りなく救われてきた。

清居は清居であるだけで価値がある。

その晩、夜中に喉が渇いて台所に下りると、居間の灯りがついていた。ぼそぼそと両親の話し声が聞こえてくる。平良は足音をひそめて聞き耳を立てた。

「友達じゃないと思うの」

「友達じゃないなら、どういう関係だと？」

どきりとした。やはり清居との関係がばれたのだ。しかし大丈夫だ。なにを聞かれても絶対

にごまかしてみせる。こそこそと聞き耳を立てていると、

「カズくん、いじめられてるんじゃないかしら」

――え?

「そんな、大学生にもなっていじめなんて」

「そう思いたいけど、芸能界なんて華やかな世界にいる子がどうしてカズくんと暮らすの?」

「友達だからだろう?」

「友達なのに、その子のためにお夕飯を作ってあげるの? 家にいたとき料理なんてまったくしなかった子よ? 考えたくないけど、便利に使われてるんだとしたら」

それはまったくの杞憂《きゆう》だ。料理上手な母親がいる実家で、自分が台所に立とうという発想がそもそもなかっただけだし、清居と暮らして、平良は初めて家事の楽しさを知った。清居に快適に過ごしてもらうため、家の中は常に清潔にしておきたいし、料理はもっとダイレクトな歓びに満ちている。清居の口に入り、やがて清居の血や肉となるものを自分が作る。そこには崇高な使命感すら伴う。ひとりなら卵かけご飯で充分だ。

「かんぐりすぎだろ。楽しそうにその子のことを話してたじゃないか」

「でも、友達じゃないってすごい勢いで否定してたじゃない」

心配そうな母親の声に、父親のしかしなあと考え込む声が重なった。

「一成も子供じゃないんだし、親がむやみに行動を制限するのはどうだろう。とりあえず好き

にさせて、たまに様子を見にいけばいい。問題があればわかるはずだ」

それよりも、と父親は口調を変えた。

「俺は一成に独立心が出てきたことが嬉しいよ。吃音があるせいで、俺たちは昔から一成を過保護に育てすぎた。でもあいつも来年は就活シーズンに突入だ」

現実的な父親の言葉に安心した。きっと母親の不安もなだめてくれるだろう。

足音を忍ばせて自室に戻りながら、それにしても、大学生にもなって、まだいじめの心配をされる自分に溜息がこぼれた。自分は昔から親に心配をさせてばかりだ。

吃音、いじめ、暴力事件。大学に入ってようやく底辺ループから脱出できたけれど、親、特に母親にとって子供はいつまで経っても心配の種らしい。申し訳なさと情けなさが混在した自己嫌悪にかられる。どうもすみませんと謝る一方、これからの清居との暮らしセカンドシーズン開幕に胸を高鳴らせているのだから親不孝もいいところだ。

自分のような人間が、こんなに幸福でいいのだろうか。

人間の幸不幸の量はあらかじめ決まっているという。一生をかけて上がり下がりを繰り返して、最後に帳尻を合わせるというのは本当だろうか。自分の今までの底辺人生を思えば、今の幸せはちょうどいいのだろうか。いや。清居と同棲などという幸せは、今までの不幸を軽く凌《りょう》駕《が》する。ということは、これからはまた下がりっぱなしの人生に戻るのか。それくらいならまだいいが、もういつ死んでもおかしくないゾーンに突入しているかもしれない。

このまま眠って、明日の朝、もう目が覚めないかもしれない。

布団の中でひやりと身体が震えた。命も、清居との時間も有限だ。

だとしたら、いつ死んでもいいよう、後悔しないように生きなくてはいけない。

これほどポジティブな気持ちになれたのは、生まれて初めてだった。


「それのどこがポジティブなんだ」

翌日、待ち合わせをした駅前の喫茶店で清居は眉をひそめた。

「どう聞いてもネガティブの塊だ」

「そうかな。俺の経験だと、いいことのあとにはたいがい不幸が起こる。だからいいことに対して二割増しくらいの不幸がきてくれると安心できるんだけど」

「なんで二割増しだ。せっかくいいことあったのに帳消しじゃねえか」

「でも同じくらいだと、借金が残ってるような不安に駆られない？　借金って利子がつくだろう。あんな感覚で、ちょっと多めに返さないといけないみたいな。で、今の幸せの二割増しの不幸ってもう命を取られるレベルだと思う。だから後悔のないよう毎日精一杯——」

「もういい。きもい。全然わかんねえ」

清居はさっさと話題を切り上げ、それより、と身を乗り出してきた。

「俺がおまえをいじめてるって、おまえの親が思ってるほうが問題だろ」

「父さんは思ってないよ。理性的な人だから」

「けど新しい家に様子見にくるんだろ？」

「平気だよ。いじめなんてないんだから」

「……そうだけど」

清居は椅子の背にもたれ、憂鬱そうにアイスコーヒーを飲んだ。

「気にしてるの？」

「そりゃあ、するだろう。彼氏の親なんだから」

なにげなく放たれた矢に、豪速で心臓を射抜かれた。皮膚の下で無数の火花が散る。指先が震える。なんということだろう。あの清居が。なにものをも恐れぬ孤高のキングが。言いようのない畏れ多さに耐えていると、じろりとにらまれた。

「なんだよ。なにか文句あんのか」

きつい目や言葉とは裏腹に、清居の耳たぶは濃い桃色に染まっている。美しさよりもかわいさが勝っている様子に、胸が張り裂けそうになった。駄目だ。清居をこれ以上わずらわせてはいけない。平良は必死でアヒル隊長のイメージを喚起させて心を落ち着けた。

「清居、大丈夫だよ。俺の親と清居はなんの関係もないから」

「あ？」

清居は表情を険しくさせた。

「関係ない？」

「うん、俺の親と清居が関わることなんて、この先一生ないよ」

だから思いわずらうことなんてなにもない、と言いたかった。

なのに、なぜか不穏な沈黙が漂った。

「そうなの？」

「うん」

「俺とおまえの親は、一生なんの関係もねえの？」

「ない。約束するよ」

清居の眉間の縦皺《たてじわ》が一気に深くなった。

「……おまえ、今、俺がどんな気持ちかわかるか」

「わからない」

「即答するな。わからないなら考えろ。もっと俺に寄せてこい」

清居の目力がみるみる圧を上げていく。なぜだ。さっきの会話のどこに怒りポイントがあるのか見当もつかない。だいたい、もっと寄せてこいと言われても無理だ。

美術館の絵に触ってはいけないし、星と人が同じであるはずもない。美術品に触れてはいけないのは、汚したり壊したりしてはいけないからだ。夜空の星が美しいのは、人の手には届かないからだ。それらは触れた瞬間、価値を損なってしまう。

「なんとか言え」

テーブルの下でごんごん足を蹴られ、冷や汗をかきながら口を開いた。

「ど、どうして怒られているのか、よくわからない」

「ああ？」

「だって夜空の星と、それを見上げる人間が同じのはずないだろう？」

「星？　なにいきなり宇宙にワープしてんだ」

清居が目を眇《すが》める。怖い。しかし懸命に説明を試みた。

「だ、だから清居と俺は一ミリも交差してないってことなんだよ。同一線上にはないし、次元が違うし、だからこそ星は一層輝くんだ。逆に触れようとか理解しようというのは、自分のレベルに星を引きずり落ろすことで、だから、なにが言いたいかというと」

よし、自分にしてはかなり言語化できている。あとはまとめるだけだ。

「つまり、俺は、清居を、わかりたくない」

瞬間、やりきった感が湧《わ》いた。これほどうまく気持ちを伝えきれたことは未だかつてない。

満足な自分とは逆に、清居の美しい顔がぐにゃりと歪《ゆが》んだ。

「死ね！　きもうざ！」

テーブルの下で思い切り脛《すね》を蹴飛ばされ、平良は悶絶《もんぜつ》した。どうしてこうなるのか、さっぱりわからない平良を置き去りに、「時間だからいくぞ」と清居が立ち上がった。

喫茶店を出てから、清居のナビゲートでヘアサロンへ連行された。平良はいつも実家のある地元の床屋で髪を切る。小学生のころからの常連で、「いつもと同じで」と言えば事足りる便利な店だが、今日はそれではまずい事情があった。

髪をセットしてもらったあと、清居が選んでくれた服に着替えると、サロンの鏡には「おまえは誰だ」と問いたくなるような、今風の別人が映っていた。

「……な、な、なんか、おかしい気がするんだけど」

そわそわして髪をいじろうとすると、さわるなと清居に怒られた。

「おどおどすんな。前から言ってるだろう。おまえは髪と服さえちゃんとしたらかなりイケてるんだ。さすがの社長も今のおまえが『不審くん』だとは気づかないだろう」

「不審くん？」

「なんでもない。いくぞ」

さっさとサロンを出ていく清居について、本日の目的である新居の下見に向かった。昇天級のハッピーイベントだが、その前にそびえたつ山脈を越えなければいけない。

「こんにちは。きみが清居くんの彼氏かあ。へえ、ふうん、なるほど」

待ち合わせたマンションの前で、清居の所属事務所の社長に頭のてっぺんからつま先までじろじろと見られた。美のプロに値踏みされていると思うと身がすくむ。

今から下見をするマンションは、清居の所属事務所の持ち物件だ。1LDKでセキュリティもしっかりしている上に、家賃は事務所が半分負担してくれる。いいことずくめだが、清居がゲイだと知っている事務所側から、本格的同棲の前に面通しを要求された。これをクリアできなければ清居との未来はない。ああ、アヒル隊長。

「平良くん、清居くんの同級生だったんだってね」

社長に問われ、内心飛び上がりそうになったがこらえた。清居に言われたよう、余計なことは言わず、愛想笑いもせず、はいと低い声で答える。社長はさぐるような目で見ている。やはりどれだけ見た目をごまかしても、底辺オーラは隠せないのだろうか。

「平良くん、芸能界って興味ない？」

平良はまばたきをした。

「清居くんとはタイプ違うけど、平良くんもすごく雰囲気あるよね。今どきの子にしては珍しい陰があって、クセが味になるタイプ。テレビより映画向きだな。タッパあるからモデルもいける。いやあ、まあでも俳優顔だね。あ、もしかしてどこかにもう所属してる？」

この人はなにを言っているのだろう。目がおかしいのだろうか。いや、違う。きっと未来のスターである清居の恋人だからお世辞を言ってくれているのだ。

「一度うちの事務所に遊びにおいで。ご飯でも食べてゆっくり話しようよ」

にこにこ話しながら胸ポケットから名刺を取り出す。

「社長、平良はそういうの興味ないんで」

横合いから清居が名刺を奪った。

「ええー、いいじゃないか。ちょっとくらい」

「こいつ、社長のタイプですよね？」

社長はどきりと言って胸に手を当てた。ゲイなのだろうか。

「もういいから鍵ください。忙しいんでしょう」

「なんだよ、そんな警戒しなくてもいいじゃないか。普段クールな清居くんがそんなやきもち焼きだとは知らなかった。ま、この彼氏じゃ気持ちはわかるけど」

「じゃあ失礼します」

清居はさっさと背中を向け、平良に向かって顎をしゃくった。ついていこうとすると、「うちの金の卵ちゃん、よろしくね」と社長に声をかけられ、振り返ってうなずいた。

「もちろん、きみが金の卵になってくれてもいいんだよ」

社長はふたたび名刺を抜き出し、さっと平良のシャツのポケットに入れた。じゃねと手を振って路肩に停めてある車に戻っていく。おじさんなのに軽やかな感じの人だ。平良を芸能人になんてお世辞にもほどがあるが、ひとまずは事務所に認められたことに安堵《あんど》した。

振り返ると、清居はもうエントランスに入っていた。慌てて追いかけるが、鍵がないので入れない。ガラス扉のすぐ向こうで清居が腕組みで仁王立ちしている。開けてほしいと扉を指さすと、ガラス越しに手を差し出された。首をかしげると胸を指さされた。

やっと意味がわかり、胸ポケットからもらった名刺を取り出し、扉の隙間からすすすと差し込んだ。清居は名刺を自分の尻ポケットに入れてから開錠してくれた。

中に入ると、いきなり手が伸びてきて、サロンでセットされた髪をわしゃわしゃとかき混ぜられた。ぼさぼさ頭になった平良を見て、清居がふんと鼻を鳴らす。

「な、なんで怒ってるの？」

「黙れ。おまえは一生ださいままでいろ」

清居はぶすっとエレベーターに乗り込んだ。四階まで上がり、鍵を開けて中に入る。陽の当たる広いリビングダイニング。角部屋なのでベランダがL字型になっている。システムキッチンに完全床暖房。大学生のふたり暮らしとしては破格に贅沢《ぜいたく》な部屋だった。

「ここは寝室だな」

清居がベランダに面していない部屋のドアを開ける。奥にある折れ曲がり式の扉を開けてクロゼットルームの広さを確認したあと、窓際へいってベッドはこっち側かなとつぶやいている。

「なあ、この際だしベッド買い換えないか」

がらんとした部屋で、東向きの弱い日差しを浴びている清居の横顔が美しく、平良はいつも持ち歩いている一眼レフを出した。素早くシャッターを切ると清居がこちらを向く。

「なに撮ってんだよ。これから住む家だぞ。おまえもちゃんと見ろ」

「見たよ。すごくいいところだし、不満なんてひとつもない」

清居と暮らせるなら、自分は橋の下のダンボールハウスだって構わないのだ。部屋なんてどうでもいいから、それよりも今の状況を記録しておきたい。現在の叔母宅での暮らしは、気づけば半同棲になってしまっていた。けれど今回は明確なスタートがある。

「新居を確認する清居。寝室を決める清居。ベッドを買い換えようって言う清居。もう二度とないかもしれない初めてのシーンを撮らなかったら、絶対にあとで悔やむと思う」

「二度とないってことはないだろ。一生ここに住むわけじゃあるまいし」

「そうだけど、これで最後って可能性はゼロじゃない」

油断はしない。神はいつミスに気づくかわからない。幸せの回収作業がはじまる前に、この手で拾えるものはすべて拾い尽くす。それでも取りこぼしているんだろうと思うと焦る。

「昨日決めたって言っただろう。いつ死んでもいいように後悔しないように生きようって」

「何度も不吉なこと言うな」

ばすっと尻を蹴られてよろめいた。

「ごめん。どちらかというと、死ぬより清居と別れるっていう可能性のほうが高いし」

すると般若《はんにゃ》のような顔をされた。

「おまえは新居を見ながら、俺と別れることを考えてるのか？」

「俺は別れたくない。でも神が回収作業に乗り出してくるかもしれない」

「雑誌でもためてんのか？」

「紙じゃなくて神。えっと、つまり今の幸せは俺には分不相応な幸せで、これを相殺するには若すぎる死か、清居との別れかどっちかだと思うんだ」

いつか清居に捨てられたとき、その場でショック死できればいいが、そう都合よくはいかないだろう。自ら死を選ぶという手もあるが、親のことを考えるとそれは避けたい。それに以前ドアノブにタオルをくくりつけて自殺の練習をしたとき、すごく苦しかった。

「自殺って簡単にできないだろう。すごく苦しいし怖い」

「おまえも部分的にはまともなことを言うんだな」

「清居を失ったあとも生き続けなくちゃいけないなら、せめて清居と過ごした時間が夢じゃなかったんだって証拠がほしい。だからいろんな清居を撮りたい」

少しでも真意が伝わるように、さぐりながら言葉を並べていく。清居はなにかを考えるように視線をさまよわせたあと、腕組みで思い切り顔をしかめた。

「……わかるところもある。けど……わかりたくない」

苦悩に満ちた吐露に、平良は目を見開いた。

「清居、そ、そうなんだよ。俺もさっきそういう気持ちで清居をわかりたくないって言っ——」

「全然違う。きもうざのおまえと一緒にするな」

平良に二度目の蹴りを入れ、清居は部屋から出ていった。苦心して言葉を選んだつもりなのにまた怒らせてしまった。ほとほと自分の語彙の貧困さが悲しくなる。

そのあとはカメラ禁止を申し渡され、清居が持ってきたメジャーで部屋の寸法を測った。これをしておくと家具を買うとき迷わないという。輝くような美しさを持つ至高のキングは意外と実務能力が高い。清居は物知りだと言うと、あきれた顔を返された。

「これくらい普通なんだよ。おまえのほうこそ、いいかげん帝国から出てこい」

「帝国？」

「ネガティブ・オレ・サマ帝国」

意味がわからなくて首をかしげた。平良一成という存在とオレ様という言葉ほどノットイコールなものはない。最後はクロゼットルームの内寸を測って下見は終わった。

買い足す家具や引越し日を決めるという至福を味わいながら帰る中、清居が雑誌を買うというので駅の本屋に立ち寄った。カメラ雑誌のコーナーを見ていると、買い物をすませた清居がやってくる。雑誌を棚に返そうとすると、待ったと清居が覗き込んできた。

「こういうの、おまえは出さないの？」

清居が指さしたのは、学生向けフォトコンテストの広告だった。

「サークルでちょっと話題に上がってたけど、うちは趣味の延長でゆるい感じだから」

「おまえも？」

「そうだね」

「あんなにうまいのに？」

清居が驚いたので、平良もつられて驚いた。

「うまい？」

「人間がいない街の写真。きもいけどイケてんじゃねえか？」

嬉しすぎてデュフッと笑いが漏れた。

「きも」

清居がさっと離れる。

「なあ、それ応募してみろよ」

離れたままの位置から清居が重ねて言い、はい、と平良は従順な犬のようにうなずいた。フォトコンなんてこれっぽっちも興味がない。しかし清居の言いつけは絶対だ。清居は満足そうに平良の手から雑誌を奪った。買ってやるよと長い足で颯爽《さっそう》とレジへ向かう。

「いいよ。自分で買う」

「いいんだ。おまえは少し外に目を向けろ」

清居はさっさと金を払ってしまった。ありがとうと言うと、

「グランプリ獲ってプロになれよ」

とんでもないことを言われた。

「それはちょっと……」

「そんで一日も早く帝国から脱出しろ」

清居は雑誌の入った袋を平良に押しつけた。帝国というのがなにを意味しているのかわからないけれど、清居が自分に変化を求めていることはわかった。


「なに真剣に見てるの」

部室で今までに撮り溜めたデータを見返していると、小山がパソコン画面をのぞき込んできた。別タブでフォトコンテストの応募要項を開いていたのを目ざとく見つけられる。

「『ヤング・フォトグラフィカ』応募するの？」

うんと答えると、みんなの目が一斉にこちらを向いた。

「おいおい、平良、なんの冗談だよ」

「入賞狙ってるのか？」

からかうように部長に問われ、

「できると思いますか？」

問い返すと室内がしんとなり、次の瞬間、盛り上がった。

「ついに眠れるコミュ障が目を覚ましたか」

「まじかよ。まじかよ。できるよ。入賞。おまえの写真、最高に気持ち悪いもん」

いきなり興奮したみんなに取り囲まれ、平良はバツが悪くなってうつむいた。

今までもフォトコンテストへの参加は勧められていた。みんな平良の写真を気持ち悪い、病んでる、それが世界だと、褒めているのか貶《けな》しているのかよくわからない言葉で評価してくれた。そこには単純な嬉しさと、少しの迷惑さがあった。写真は平良にとって現実逃避の手段で、伝えたいものなど特にない。だから最初から最後まで平良の写真は閉じている。誰にも見せなくていい。逆に誰かに見られると恥ずかしい。それが平良の写真だったけれど。

——グランプリ獲ってプロになれよ。

清居はそう言った。身の程知らずさに震え上がるような期待だが、それは雲間から洩《も》れる一条の光でもあった。清居と自分は神の采配ミスレベルの釣り合わないカップルで、このままだと遠からず清居に捨てられるか、自分が若くして死ぬかの二択だ。

けれど、自分が、少しでもマシになれば？

絶賛昼寝中の神が目覚めて己のミスに気づいても、これならまあ大目に見てやるかと思ってくれるようなポジションに自分が昇格する、という手もあったのだ。さすが清居だ。死か別離しか思い浮かばなかった自分にはない、ポジティブな発想だった。

ガレー船を漕ぐ奴隷並みの艱難《かんなん》辛苦を乗り越えてプロのカメラマンになれたとしても、清居の隣に立てたなんて不敬なことは思わない。しかし神に仕える聖職者にすら序列はある。今の自分が敬虔《けいけん》な信者レベルだとしたら、まずはフォトコンで賞を獲って神父に昇格、そして次は司教、さらに枢機卿《すうききょう》レベルまでいけたら神も清居といることを許してくれるかもしれない。日曜日のお父さんルックでエベレストの前に立つような、無謀すぎる挑戦だ。しかも登頂へのルートすらよくわからない。しかしやらなければいけない。清居を失わないために。

「で、どれ送るの？」

小山に問われ、まだ決めてないと答えた。するとみんなアレがいいとか、いやいやアレでしょと勝手に議論をはじめる。平良はそれとは関係なくデータを検分していく。

「清居くんの写真は？」

小山が小さな声で聞いてくる。以前の経緯から、清居とつきあっていることは大学では小山だけが知っている。平良は首を横に振り、「芸能人だから」とこれも小声で答えた。

「そっか。バレたらいろいろ面倒だしね」

最近はセクシャルマイノリティへの理解も広まってきているけれど、売り出し中の若手俳優に同性の恋人がいるという情報は、今のところマイナスにしかならない。

「でももったいないね。彼のポートレイト、他とはちょっと雰囲気違うのに」

「そう？」

「うん。『愛』がある」

小山は机に腰かけ、にっこりと笑ってパックのいちご牛乳をじゅじゅっと強く吸った。笑っているけれど、微妙に棘《とげ》を感じたので返答は避けた。

自分と小山は、以前、つきあう寸前までいった。平良が清居を忘れられずに、結局はうまくいかなかった。自分がサークルを辞めると言ったら、そういうのは嫌だ、お互い忘れようと言われたのでそうしている。言葉通り、お互い普段は友人のようにしゃべっている。けれどなにかの拍子、小山は小さな棘を見せる。成就しなかった恋愛は撤去されずに残された地雷みたいなもので、うっかり踏まないよう事後処理に神経を使う。

こちらで地雷が爆発しているのにも気づかず、みんながどの写真を送るべきか多数決を取りはじめた。これに決まったと言われた候補五作品は、平良の中では定番に近いものだった。うんざりするほど人が行き交う都市の風景を撮り、そこから人間だけを消したもの。

「平良っていったらコレでしょ」

「まあな。でもコンテストだぞ。フォトショでいじりまくってるけどいいの？　レタッチは基本だけど、これはレタッチレベルじゃないだろ。ＲＡＷデータから遠すぎる」

「イメージクリエイト部門ってのがあって、そこだと映像加工ＯＫって要項に書いてあるぞ」

「ほんとだ。ふうん、学生らしい革新的な作品を求むか」

「革新的って言うくらいなら、平良のはばっちりだろ」

「データ提出できるのは学生にはありがたいよな。プロラボ使うと高いし」

みんなが俺も応募しようかなと盛り上がる中、平良はみんなが選んだ五作品のうちのひとつをメールに添付して応募ページから送った。それじゃあお先ですと立ち上がる。

「え、もう送ったの？」

「ちょっとは迷えよ。天才か」

背中にブーイングを受けながら部室を出た。考えるほどに迷いは生まれる。迷いは自分なんて……という卑下を連れてくる。いつもならそこで怖《お》じ気づいてしまう。けれど今回は引き下がれない。だったら恐怖に捕まる前に走り出すしかない。

大股で廊下を歩く途中、スマホで時間を確認した。よし。急いだら清居の出演するテレビ番組のロケに間に合う。電車に乗っている間に、どんどん天気が崩れてくる。駅を出るとやっぱり雨が降っていて、鞄から折り畳み傘を取り出した。

今日の番組は芸人の司会者と共に、ゲストが思い出の場所や店を巡るというものだった。事前に調べたロケのスタート地点にはもう人だかりができている。最後尾で待っているとロケ隊に動きがあった。近くの車からタレントが降りてきて見物人から歓声が湧く。

清居は雨降りに似合う明るいグレイのシャツを着ていた。隣には清居と同じ事務所の看板女優の安奈がいる。水滴のような銀の刺繍《ししゅう》が縦に入ったグレイのワンピースは、清居と並ぶと引き立てあって、輝くような芸能人オーラがふたりから放出されている。

メインゲストの安奈と清居、司会の芸人が話しながら歩いていく。それをカメラが撮る。ロケ隊の移動に合わせて見物人も動くが、通りがかりの一般人が多く、少し歩くとばらけていく。雨降りの中をいつまでもついていくのは追っかけの常連だけだ。

ぞろぞろとついていく常連たちのかなり後ろ、清居の姿などちらっとしか見えないくらい距離を空けて平良は歩いていく。ほとんど追っかけの意味がない。けれどこれが平良のスタイルだった。愛の対象に迷惑をかけてはいけない。それだけは遵守《じゅんしゅ》しなくてはいけない。だったら追っかけなんてしないのが一番なのだけれど、愛は矛盾をはらんでいる。

一行はロケをする店に入ってしまい、周りに追っかけがたまる。店内をのぞこうとする馬鹿をＡＤが注意する。騒がしい輪からかなり離れた場所に立つ平良の隣に、見知った男が立っていた。安奈の追っかけ常連で、昨日も工場の夜勤で一緒だった男だ。この男も平良と同じで、追っかけや出待ちをしてもけっしてタレント本人には近づかない。

少しずつ視界が悪くなっていく。追っかけ三種の神器であるマスクのせいで、サングラスが曇ってきた。雨で湿気が多いからだ。サングラスを外して袖で拭いていると、ふとこちらを見ている男と目が合った。お互い逸らすタイミングを逃してしまい、しかたないのでおずおずと頭を下げると、あの……と男が言った。

「もしかして、きみ、工場のバイトしてる人？」

驚いた。目深な帽子、サングラス、マスクでどうして特定できたんだろう。

「あ、工場でも似たようなものだから」

ああ、なるほど。衛生帽とマスクで見えているのは目元のみ。今と同じだ。

「安奈のファンじゃないよね？」

「はい、俺は清居くんの」

「清居くん、いいよね」

男が言い、平良は視線を上げた。

「安奈と同じ事務所だろう。だからよく番組かぶるし。前に雑誌インタビューで安奈が清居くんのこと褒めてたよ。芝居の勘がいいって。今一番仲がいいって言ってた」

「清居くんも安奈さんの演技はすごい、勉強になるって言ってますよね」

愛の対象を褒められると無条件で警戒がゆるくなるファン心理の法則が発動し、珍しく会話が弾んだ。スタイルの似た追っかけ同士で、お互いコミュ障気味というのもハードルが下がってよかった。なんとなく並んで立ち、ぼそぼそと自己紹介をした。

男は設楽克己《したらかつみ》、三十二歳。勤めていたブラック会社を身体を壊してクビになり、今の工場で働きだした。正社員になるまでのつなぎのつもりが、人生最低のときに見た安奈の映画に感動してファンになり、昼間自由に追っかけができる工場の夜勤を続けているのだという。

「安奈が演《や》ってたカスミ役がほんと馬鹿でさ、惚《ほ》れる男が全部クズなんだよ」

「見ました。無知ゆえの無垢《むく》さでどんどん罪を重ねていくんですよね」

「無知すぎて罪が罪だって自覚できないんだよね。だからどれだけひどいことをされても、男のいいなりに罪を重ねても汚れないんだ。かわいそうなくらい」

　清居と一緒にＤＶＤで観たとき、過激な内容に輪をかけたエキセントリックな安奈の演技を清居は、食い入るように観ていた。清居は安奈の演技が好きだと言う。清居が人を褒めるのは珍しく、清居が好ましいと思うものに平良も準じる。

「安奈さんの演技、本当にすごいですよね」

「そ、そうなんだ、そうなんだよ。あの映画のとき安奈はまだ十八歳だったのに、自分を綺麗に魅せようって気が微塵《みじん》も感じられないんだよ。なのに地べた這《は》いつくばっててもめちゃくちゃ綺麗なんだ。内側から発する品があるんだ。なんだこの子って胸が震えたよ」

　語りながら、設楽のテンションが急激に上がっていく。

「俺、あのときは本当に毎日死にたかったんだ。首になった会社の上司から役立たずだの生きてる資格がないだのパワハラ受けて気持ち折れちゃってて、とりあえず工場でバイトはじめたら、いい年こいてみっともないって親から責められて、アルバイトの男の人とやっていく自信ないって彼女にも振られて、俺はこれからどうなるんだって、ほとほと疲れてて」

　そんなとき、大きなスクリーンの中で安奈に出会った。脆《もろ》くて美しい。設楽の灰色の毎日は鮮やかに塗り替えられ、魂をさらわれたと設楽が陶酔気味に語る。

　設楽の話を聞いていると、清居の存在を初めて知った高二の春を思い出してしまう。

　明るい日差しに満ちた教室で、清居は美しく、強かった。

理不尽で筋の通らないことを、清居は目力のみで簡単に押し通した。

怯えた子羊が群れる放課後の教室を、神聖不可侵のキングのように支配した。

春の嵐のような圧倒的な力は、四年経った今も平良の額に宿っている。

店を取り巻く人垣に動きがあった。ロケ一行が出てきたようだ。広がった傘に視界をふさがれて清居も安奈の姿も見えない。けれど確かにそこにいる。感じる。

雨が強くなってくる。跳ね返った雨粒がパンツの裾を汚す。折り畳み傘からはみ出た肩が濡れてシャツの色を変えていく。肌寒い。濡《ぬ》れた布地が肌に貼りつく感覚。

「寒くなってきた。安奈、風邪ひかないかな」

「心配ですね」

「心配させてもらえるって嬉しいね。俺は誰にも心配されないけど、誰かを心配する心はまだ残ってるって教えてもらえる。安奈がいなくなったら、俺は本当にひとりだよ」

「……そうですね」

取り巻く環境などすべて無視して、ただ崇拝対象へののめり込み方だけで測るなら、きっと設楽のほうが幸せだろう。見るだけ。想うだけ。そこには余計な物思いがない。純粋な愛だ。

自分もかつてはそうだった。

見ているだけで、想うだけで幸せだった。

けれど今は、ほんの少し別のものが混じっている。

自分は家に帰れば清居に触れることができる。清居にくちづけることができる。身体をつなぐことができる。ただ見ているだけのときとは比べられない至福を手にした。同時に失う恐怖が生まれて、怖くて怖くてしかたなくなった。だから保険をかけておく。

何時間も立ち尽くして、ようやく出てきた姿をちらりと見て幸福に浸る。それが自分と清居の本来の距離なのだと忘れないように胸に刻む。いつか清居を失っても、この距離だけは死守できるように。毒を盛られても死なないよう、普段から毒を飲んで慣れておくみたいに。

でも、この行為にほとんど効力はない気もしている。触れあう歓びを知ってしまった自分は、きっともう『そこ』には戻れない。なのに気休めみたいに無駄な抵抗をしている。

どうすればこの怖さを払えるのか。その答えをくれたのも清居だった。

――グランプリ獲ってプロになれよ。

そうだ。戻れないなら進むしかない。清居を失わないよう、自分が変わるのだ。今の陰気の塊みたいな自分を捨て去り、清居のいうネガティブ帝国から脱出するのだ。

――なんか、自己啓発セミナー帰りの人みたいだな。

ちらっと本来の自分が冷静な意見をつぶやいたので、慌てて封殺した。

カフェで文庫本を読んでいると清居からラインが入った。

――スタッフ帰った。こい。

平良は文庫本を閉じ、トレイを返却して店を出た。

今日は新居への引越し日だ。最初は業者に頼む予定だったが、芸能人にとって引越しは重要警戒事項のひとつだ。自宅の特定、私物から個人情報を探られ、プロ意識のない作業員に当たるとSNSでさらされる。同性同士のカップルである自分たちには特に秘密が多い。

家具つきの叔母宅から持ち出すものは多くないので、最初は自分たちでやってしまうかと話していたが、それならと清居の事務所の社長がトラックと事務所スタッフを貸し出してくれることになった。

――おまえはどこか近場で待ってろ。それかイケメンに変身しろ。

清居からそう言われ、平良はおとなしく近場で待つことにした。スタッフとの感じのいいコミュニケーションが必要な引越し作業は自分にはハードルが高い。

合鍵で中に入ると、段ボールで雑然とした寝室で清居はダブルベッドに寝具をセットしていた。掛け布団とカバーの四隅をあわせようとしているのか、上半身がカバーの中にもぐり込んでいる。ふわふわ動くカバーからお尻と足だけが出ている。とてつもなくかわいい光景に、貴重品扱いで持っていたカメラを反射的に構えてシャッターを切った。

いきなり響いたシャッター音に、カバー全体がびくっと跳ねた。

「きたんなら声かけろよ」

清居がカバーから顔を出す。乱れた髪がかわいくてもう一枚撮った。

「ごめん。究極のプライベートショットだったから」

「まずは寝床作らないとな。けどこれなんだ。全然入んないぞ」

家事は基本平良任せで、清居はリネンのセットなど一度もしたことがない。とはいえ平良も実家にいるときは母親に任せっぱなしだったので人のことは言えない。

「それ、ずれないように中にリボンがついてるんだよ」

そう言って中にもぐり込む。清居の選んだ白のリネンの中は仄明るい。清居も一緒に入ってきて、平良が大きな手で布団の輪にリネンのリボンを通すのをじっと見ている。

「こうして結べば、寝相が悪くてもずれない」

蝶々結びの手元を清居が、へえ、と見ている。

「おまえ、ほんと家事得意だな」

「そうでもないよ。家にいたときはなにもできなかった」

「今はなんでもできるじゃん。飯もうまいし掃除も洗濯も」

「清居に快適に過ごしてほしいから」

蝶々結びをきゅっときつく縛ったとき、頬に清居の唇が触れた。驚いて隣を見る。

「俺らの家だな」

真っ白で仄明るいカバーの中、現実と夢の狭間みたいな場所で清居が笑う。いつもより幼い感じがする。こんな無防備な清居を知っているのが自分だけならいいのに。

肘をついた恰好で、おずおずと自分からキスをした。

清居が目を閉じ、平良の首に手を回してくる。肩や背中のラインがやわらかく崩れて、自ら組み敷かれるみたいに仰向けになる。唇を重ねながら、手や足が複雑に絡み合い出す。

「……なあ、する?」

耳元で囁《ささや》かれた、甘くかすれた声に鼓膜が震える。

カバーの中から出る余裕もない。絶え間なくキスを交わし、清居のシャツのボタンを外しながら自分のベルトを外す。急激に高まっていく熱をこらえ、手足は確実にことを進めなければいけない。マルチタスクは苦手だけれど、清居との行為においてのみ、なにかを考えるよりも先に手や足が動いてしまう。しかし途中で手が止まった。潤滑剤はどこにしまったっけ。

「いいよ、おまえので濡らす」

すでに勃《た》ち上がっているものをにぎられ、やんわりとこすられる。先へいくほど細くなる清居の指が、自分の性器に触れている。想像と現実が一致して、メーターが左右にすごい速さでぶれはじめる。ほどなく解き放ったものを清居の後ろに塗りつけた。

「……んっ」

指を入れていくとき、清居が短く声を漏らした。切なげにひそめられた眉。もう痛みではないことを知っている。指先の感覚だけで、清居が崩れる場所をさぐっていく。手前の少し浅い場所。そこを強く押すと、清居の腰がびくりと跳ねた。

「……あっ」

切なげにひそめられた眉。清居がこんな脆い顔をするのは行為のときだけだ。指を増やして丁寧にほぐしていくと、たまらないようにしがみついてくる。早く、早くと聞こえる。清居の声なのに、自分の内側からも響いてくる。早く。早く、つながりたい。

「腰、浮かせて」

清居を組み敷いて、こんな言葉を言っている自分にくらくらする。清居が唇を嚙《か》む。一瞬だけにらみつけてくる。けれどすぐに顔を背け、挿入しやすいように腰を上げてくれる。さっき出したばかりなのにもう回復しているそれを、清居の背後に当てがった。先走りで濡れた先端をぐっと押し当てる。小さな口が圧に負けてゆっくりと開いていく。

「ふ……っ、う」

くぷりと先端を飲み込まれた瞬間、思わず短い声がもれた。張り出した部分をくぐらせ、時間をかけて根元まで沈めていく。たまらないほど気持ちいい。

根元までしっかりと埋めたところで、動きを止めて互いが馴染むのを待つ。これは苦行の時間だ。早く動きたくてしかたない。ほどなくやってくる快感を想像して、清居の中で自分がさらに固くなるのを感じる。清居の内側がそれをぎゅっとしめつける。

「……早く」

ねだるように腰を揺すられる。くちゅっとそこが音を立て、理性が蒸発した。

ゆっくりと抜いて、また奥まで入れる。しめつけられる快感に眉根が寄る。途中にある敏感な場所をこするたび、清居が長い息を吐く。単純な動きを幾度も繰り返す。

密着した肌が少しずつ湿ってくる。

もぐり込んだカバーの中が汗と吐息で充満する。

六月の最初、自分たちの周りだけ梅雨に入ったみたいに湿度が高い。

限界が近くなると、清居がしがみついてくる。もっととか、もう無理とか途切れ途切れに、泣きそうな声で訴えてくる。それを聞くと、平良の中でなにかが壊れる。

清居と自分を隔てる高い壁が音を立てて崩れていく。ほっそりとした身体を抱きしめて、奥深くまで入り込んで、めちゃくちゃに揺すり立てる。清居が死にそうな声を上げる。けれど止められない。次の瞬間、重なった腹の間で清居が熱い液体をこぼした。

「……ごめん。もうちょっと、いい？」

最初に出したので、平良はもう少し時間がかかりそうだった。

昂《たか》ぶりきったものを鎮めるのはひどく苦しく、動きながらの問いに、清居は真っ赤な顔をくしゃくしゃにしてうなずいた。達したあとの清居はいつも以上に感じやすくなっていて、ぎゅっと目をつぶって歯を食いしばる。見ていられなくて、ついブレーキがかかってしまう。

「……いい、構うな」

「でも、つらそうだ」

清居が苛立《いらだ》し気にしがみついてくる。

「……いいから、もっと……しろ」

悔しそうに歪んだ声。そこからはもう夢中になった。頭の悪い生き物みたいに、メーターが振りきれる瞬間だけを目指して動く。一方でタイミングを計っている。清居が体調を崩さないよう外に出さなくてはいけない。清居の仕事を考慮したルールは他にもある。痕が残るキスをしないこともそのひとつだ。限界が迫る中、清居が喘《あえ》ぎ混じりにつぶやいた。

「……明日……休みだから」

夢中で動きながら、え、とぼうっと目を合わせた。

「……中に出して」

全身の血が逆流するような興奮に支配された。抜こうとしていたものを最奥まで挿入して、そこで果てた。清居の一番深い場所に放ちながら、これ以上ない快感に没頭した。

「……清居、清居……っ」

抜かないまま、放ったものをより塗りこめるように腰を揺する。

「あ、あっ、それ、やだ……っ」

目尻に涙をにじませ、清居が必死で首を振り立てる。

「……ごめん、清居、ごめん」

好きで、好きすぎて、地べたに近い欲望をこらえきれない。美しいキングを自分だけのものにしたい。自分の痕を残したい。今だけでいい。つながったまま、唇と言わず頬と言わず顔中くちづけて、沸き立つ熱に煽《あお》られて二度目になだれ込んだ。


目覚めると、視界一面が青かった。行為のあと、そのままふたりでカバーの中で眠ってしまったのだ。腕の中で清居が小さく身じろぎをする。

「……ああ、寝ちまった」

髪をくしゃくしゃにしている清居がぼんやりとつぶやく。

「夕方?」

「多分。暗いし」

「あー、片付けなんもしてねえ。照明も」

「つけないと暗いままだね」

そう言いながら、今はなにもしたくない。もう少しだけ、甘い気だるさの中に清居と沈んでいたい。清居も平良の腕の中ですっかり力を抜いている。

「巣みたいだな」

清居がカバーの薄い布地を指で持ち上げる。薄青いテントみたいに空間がとんがる。

「本当だ」

「な？」

しばらくふたりで意味なく笑っていた。

「ああ、そうだ」

清居が思い出したようにつぶやき、平良の腕の中から抜け出した。起きるのかな。残念な気持ちでテントから出ていく清居のすんなりとした背中を見ていた。清居は身体を半分だけカバーから出し、なにやらごそごそしたあと平良の腕の中に戻ってきた。

「やる」

どうでもよさそうに渡されたのは、包装もなにもされてないビニールケースに入った黄色いアヒルの人形だった。幼いころからの平良の精神安定剤、アヒル隊長。

「え、これ、くれるの？　俺に？」

見ると、清居はうっとうしそうに背中を向けた。

「わざわざ買ったんじゃないぞ。たまたま目についただけだ。万札崩したかったし」

いつもより早口で言い、最後にぼそっとつけくわえた。

「風呂用だって。それ、なんか、光るみたいだから」

波打ち際で作られた砂の城みたいに、心の一角がたやすく崩れていく。じわじわと海水が沁み込んで、崩れた箇所ごとざあっと波にさらわれていくように感じる。

清居はいとも簡単に平良を崩して、なんの労もなくさらってしまう。

さらわれすぎて、もう平良のお城はボロボロだ。

でも返してほしくない。

自分から奪ったものは、ずっと清居が持っていてほしい。踏みつけようが、振り回して投げ飛ばそうが、なんでもいいから。その手に持っていてほしい。どうかお願いだから。

「ありがとう」

背中から清居を抱きしめた。

「……風呂、一緒に入る？」

薄青いカバーの中で、清居の耳たぶだけがほんのり赤い。

「……うん」

「じゃあ、湯、入れとくか」

そそくさと出て行こうとする清居を引き止めた。

「清居、好きだよ。死ぬほど好きだ」

やわらかな薄茶の髪に顔を埋め、ぐりぐりと頭をこすりつけた。

「……きも」

清居の耳たぶの赤みが増す。

自分がどれだけ清居が好きか、清居にはわからないだろう。

それでいい。好きで、好きで、破裂しそうに苦しくて死にそうになる。

この甘さと苦しさは自分だけのものでいい。


その日、平良《ひら》の元に不幸のメールが届いた。

以前応募した『ヤング・フォトグラフィカ』の一次選考の結果だった。

『厳正なる審査の結果、誠に残念ではございますが——』

サークルの部室にいたときで、固まったまま画面を見つめた。ああ、これがお祈りメールというものか。就職活動に入った学生を追い詰めるという例のアレ。初めて見た。

——なるべく心を平らかにすること。刺激に敏感にならないこと。

ショックが芯を直撃する前にアヒル隊長の教えで心を守っていると、

「通った！」

部室で誰かが歓声を上げた。

「『ヤング・フォトグラフィカ』、一次審査通った」

まじか、おまえ送ってたのかよとみんなが口々に言い、次に平良に視線を向けた。

「平良にも結果きてるだろ」

「うん」

「うわ、すげえ無表情。ちっとは喜べよ」

「当然パスだから感動ないんだな」

みんなの言葉が、平らかであろうとする心をぐさぐさと突き刺す。

「落ちた」

「え？」

しんとなったあと、冗談だろと誰かが笑う。

「本当。落ちた」

重ねて言うと、みんなが集まってきた。

「なんで俺が通って平良が落ちるんだよ。おかしいだろ」

通った本人にそう言われ、身の置き所がない。どうしてだよ。信じられないとみんなが口々に言う。気まずさが水位を上げてきて、あふれる前に平良は立ち上がった。

「じゃあ俺、バイトあるから」

逃げるように部室を出た。うつむき気味に大股で廊下を歩いていく。

ひどく恥ずかしくて、顔が上げられなかった。口では俺なんかと卑下しながら、写真だけは自信があった自分を思い知らされた。みんなから持ち上げられて、いい気になって、でも全然駄目だった。まさか一次審査も通らないレベルだとは思わなかった。

――あいつの写真、俺よりいいのか？

ショックを受ける一方、一次を通った仲間の写真を思い出して不満な自分がいる。それがさらに恥ずかしい。そういえば、自分を繕うのに精一杯で、おめでとうと言わなかった。きっとあいつなら、自分が落ちて平良が通ってもおめでとうと笑ってくれただろう。

恥ずかしさの波状攻撃を食らった気分で、その場に立ち尽くしてしまった。

みっともない自分をばりばり引き剝がしてしまいたい。虫みたいに脱皮して、別のなにかに生まれ変わって古い殻をここに捨てていきたい。そんな便利なことはできなくて、みっともない真実の自分を引きずって駅へと向かう。

本当はバイトなんてなかった。家に帰ってもすることがないので、駅ビルのファストフード店に入ってパソコンを開いた。今まで撮りためたデータを流し見していく。

人間だけが消された都市の写真たち。あまりのやりたい放題な振る舞いに神さまの怒りを買い、罰せられたあとの漂白されたような世界。

消去をクリックした。

もう一枚消去。消去。全消去。

自分を消せない代わりに写真を消していく。どちらも価値がない。

「そういや、あの仕事決まった」

夕飯を食べたあと、ソファでくつろいでいると清居《きよい》が言った。以前言っていた連続ドラマの準主役が決まったのだという。ヒロインは安奈《あんな》で、安奈はこれが連ドラ初主演になる。

「すごい。初連ドラで準主役なんて。おめでとう。百万回見る」

「一回でいい。つうかすごいのは安奈だし」

興奮する平良とは裏腹に、清居はそれほどでもなさそうだった。

「うん、安奈さんも主役だしすごいね。でも連ドラ主役は初めてってちょっと意外だ。映画はいつも主役だし、すごく売れてるイメージがあったんだけど」

「売れてるよ。けど安奈は映画女優なんだ。十代のころ初主演の映画でベルリンの映画祭で主演女優賞獲って日本でも一気に火がついた。事務所のほうも安奈は安売りしないって方針貫いてて、今まで山ほどきてた連ドラの話は全部断ってきた。今回は満を持してって感じかな」

「本当にすごい」

「そう、あいつはすごい。今回の俺の準主役はそういう絡みもあったおかげ」

「どういうこと？」

「安奈の連ドラ主演は各局喉から手が出るほどほしかった。事務所は選ぶ側。内容やギャラや宣伝はもちろん、今回は元々決まってた役者の事情で急遽キャンセルが出たとこに、社長が俺を猛烈に売り込んだわけ。でなきゃこの時期に役が取れるはずない」

「でも全然駄目なものは、いくらなんでも押し売りできないだろう？」

一次審査も通らないような駄目なものは——。

「それが、この業界はそうでもない。これは無茶だろうってキャスティングも、興行収入とかスポンサーとかしがらみが絡みまくって通ったりする。けど、今回の俺のねじ込みはそこまでひどくもない。看板の安奈の足を引っ張るようなおまけを社長がつけるわけない」

清居はふんと不敵に笑って顎を反らした。

「ま、それでもおまけはおまけだけどな」

冷淡と言ってもいい横顔にぼうっと見惚《みと》れた。

「なんだよ」

「綺麗《きれい》だなと思って」

清居は自分というものを正確に理解している。必要以上に卑下しない。失敗したときのための保険もかけない。自分には逆立ちしても持てない強さに憧れてやまない。

「おまえのほうはどうだった？」

「え？」

「フォトコンテスト。一次審査の結果もう出てるだろう」

「よく知ってるね」

グランプリの発表は今年の冬と雑誌に大きく出ていたが、一次、二次、三次の結果は募集要項に小さく書かれてあっただけだ。首をかしげる平良から、清居はすいと顔を背けた。

「撮影で待ち時間あったから、暇潰《つぶ》しにネット見てたらたまたま、偶然」

「ああ、そうなんだ」

「で、どうだったんだよ」

――グランプリ獲ってプロになれよ。

清居の言葉を思い出して、じわりと背中に冷たい汗がにじんだ。

贔屓目《ひいきめ》ではなく、清居はぐんぐん人気が出てきている。来期のドラマは安奈の主演で話題性抜群だし、清居は一気にブレイクするかもしれない。それにひきかえ自分はグランプリどころか、一次審査も通らなかったなんて言えない。

「ああ、駄目だったのか」

うつむいて黙り込んでいる姿から察したのだろう、観念してこくりとうなずいた。がっかりされる。あきれられる。愛想を尽かされる。怯《おび》える平良に、ふうんと清居が言った。

「いいじゃん。また次がんばれば」

のろのろと顔を上げると、欠片《かけら》も動じていない清居と目が合った。

「……怒らないの?」

「なんで俺が怒るんだ」

「清居の期待を裏切った。グランプリ獲ってプロになれって言ってくれたのに」

「一回で獲れなんて誰が言った」

「それは……言ってないけど」

「というか、一回も失敗したくないっておまえは何様だ。神か」

まさかと首を横に振った。それに神さまだって失敗する。自分と清居をカップリングさせるなどという、超ド級のうっかりミスを――。

「じゃあ気持ちを切り替えて次にいけ。俺だって初めて出たコンテストで入賞逃したし、今だってやりたいこと全部叶えてるわけじゃない」

高校時代、清居は初めて出たボーイズコンテストで入賞を逃した。そのせいで当時クラス内で微妙な立場になった。しかし清居はまったく関知せず、調子に乗りすぎた連中に我慢できず殴りかかったのは平良だった。あの事件は世界を変えなかったが平良の意識を変えた。

「でも、あのコンテストのときに今の事務所の社長に声をかけられたんだろう?」

「ああ、うちの社長は目が高いからな」

清居らしい強さ。失敗しても立ち止まらない。自分をけっして貶《おとし》めない。

「で、一番締め切り近い次のコンテストってどれだよ」

清居はスマホを取り出してネットで調べはじめた。

「こういうのは間を空けると動けなくなるからな。勢いで次々いけ」

自分をジャッジされ、おまえはいらないとつき返されるのは怖い。けれど清居がそうしろというのなら、やらねばならない。たとえお祈りメールの山で心を蜂の巣にされようと。

「結構あるな。ここからプロ最短コースを選べ」

　ほらとスマホの画面を見せられた。コンテスト情報をまとめたサイトのようだ。

「と言われても」

「迷うな。迷ったぶん怖くなるぞ」

　おでこにスマホ画面をぐいぐい押しつけられる。

「で、でもプロっていってもいろいろあるよ。報道や広告や出版社関係とかで仕事する商業カメラマンになるのか、アーティスト系の写真家になるのか」

「いつも雑誌とかで俺を撮ってくれるカメラマンは商業カメラマンってことか」

「そう」

「だったらおまえには無理だ。あいつらは口がすごくうまい。撮られる側が新人で慣れてなくても、いいよー、恰好いい、その顔最高って声かけてどんどんのせていく」

　そうだろう。フリーランスの商業カメラマンは、技術以上に営業力・企画力勝負なところがある。まずはコミュニケーションスキルがないと話にならない。

「だったらおまえは写真家コースだな。おまえの写真はドン引きするくらいきもい。きもいというかイカれてる。病気だ。芸術かどうか俺にはわからないけど個性はある」

「ありがとう。でも写真家コースはもっと無理だよ」

「なんで」

「食べていけなくてもいいなら、写真家って名乗るのは自由だけど」

「食っていけない、自称俳優みたいなもんか」

平良はうなずいた。職業として成り立っている非商業写真家は日本ではひとにぎりだ。ほとんどは副業をしていて、世間的には副業のほうを本業と呼ぶ。

「将来的に食っていけるかは重要だな」

清居はふたたびスマホでなにか調べ出した。嫌な予感がする。

「お、あったぞ。アーティスト系で食っていける写真家になる足がかりだって」

ほらと画面を見せられ、内臓が裏返るようなえずきが込み上げた。提示されたのは写真界の芥川《あくたがわ》賞、直木《なおき》賞と言われる木村伊兵衛《きむらいへえ》写真賞に土門拳《どもんけん》賞。意識が飛びかけた。

「そ、そ、それは高望み過ぎて、む、む、無理だと思う。そもそも木村伊兵衛とか公募じゃないし。賞を獲る前からある程度活躍してる人が対象というか、その年に発表された作品の中から関係者にアンケート取って、候補出して、そこからさらに偉いさんが選ぶんだよ」

「選ばれろよ」

「どうやって？」

驚愕《きょうがく》に目を見開くと、清居はみたびスマホに視線を落として検索しはじめた。

「い、いいよ。自分で調べる」

あわあわと止めた。これ以上事態を悪化させたくない。

「そうだな。自分のことなんだから自分で調べろ」

清居はあっさりと言い、風呂入ってこようと立ち上がった。

「がんばれよ」

リビングを出ていく背中を見送り、改めて王者の資質というものに感じ入った。失敗をしても、怖《お》じ気づくということがない。どうしたら、あんなふうに高みだけを目指していけるのだろう。考えてもしかたない。鼠《ねずみ》は獅子《しし》にはなれない。だから惹かれるのだ。

しかし学生相手のフォトコンで一次審査も通過できない人間が、写真界の芥川賞を目指すなんて正気の沙汰《さた》とは思えない。無装備でエベレストの壁に手をかけるようなものだ。

「……どうしよう」

どうしようもくそもない。清居にやれと言われたなら、やるしかないのだ。しかしどうがんばっても、滑落して骨まで砕かれる未来しか見えなかった。


〈大学二年生の男です。木村伊兵衛写真賞を狙ってるんだけど、どう思う？〉

写真関係のサイトに質問を投げかけたのは昨夜で、起きたらたくさんのアンサーがついていた。多数の返事というか罵倒《ばとう》の中に、簡潔で明確な上に有意義なものがあった。

〈おまえはただちに病院に行くべき〉

まったくその通りで、残酷な子供の足元で逃げ惑う蟻《あり》になった気分だ。清居との暮らしは神の祝福のように幸せで、神の罰のように苦しい。しかし悔い改めるものか。なにかを得たいと願うなら、精神的平安を捧《ささ》げる覚悟をしなくてはいけない。

しかし具体的な方法が浮かばない。

そもそも自分は写真家になりたいのだろうか。

清居にプロを目指せと言われたときは、それしか清居のそばにいられる手はないと盛り上がったが、フォトコンの一次で落ちて身の程を思い知った。しかし写真以外に自分になにか取り柄があるのか。なにかやりたいことはあるのか。それ以前になにができるのか。

自分自身に問うが、そこにもなにもない。

ほとほと情けない気持ちで、明るく着色された栗をケーキのてっぺんに置いた。

今日は十時から工場の夜勤に入っている。途切れ目なく菓子を流すレーン。工場内に充満する甘い香り。金色の川を流れる金色のモンブランに金色の栗をのせる。一粒でいくらになるんだろう。積み重なったそれは給料になり、清居との生活を支えてくれる。

たまに、このまま工場に就職したいと思う。飼われた羊のように黙々と、静かにケーキに栗を置き続け、家に帰れば清居がいるという一生を過ごせたらどれだけ平和だろう。戦うこともなく、挑戦することもなく、負けることもない。

レーンをはさんだ向かい側に、安奈だけが自分の星であると言った設楽《したら》がいる。衛生帽とマスクから目だけが見えている。死んだ魚みたいに濁っている。雨の中、安奈を見つめていたときの目と全然違う。設楽は給料のほとんどを安奈につぎ込んでいる。

それを労働の歓びとするのは、逃げていることだろうか。

設楽も自分も幸せだけど、他人から見たら哀れなんだろうか。

けれどこちらはこちらで、似たような目でその他人を見ている。友人の数は人間的魅力のバロメーターで、SNSに上げている素敵な写真は充実した日々を送っている証拠。楽しい人だと思われたくてみんな必死だ。自分はそんな虚しいダンスはしたくない。

そんなふうに斜に構えて、けれど、実は、相手を否定することで劣等感だらけの自分を守っていることにも薄々気づいている。読んだはずのカードの裏の裏。ミルフィーユのように折り重なった心理の層。そこから抜け出すための答えを清居は与えてくれた。

——がんばれよ。

多分、それしかないのだろう。大学二年生。来年は就職活動。どれだけ言い訳を重ねて目を背けようとも、嫌でもがんばらなくちゃいけないときがきている。生ぬるく、痛みも憂鬱もない世界から、いつかは出ていかなくちゃいけない。怖い。面倒。嫌だ。

それでも。清居のそばにいたいのなら——。

「…………がんばろう」

マスクの下でぼそりとつぶやいた。そんな自分が信じられなかった。がんばろうなんて大嫌いな言葉だ。無神経な人間がふるう言葉の暴力だとすら思っていた。

「…………でも、がんばろう」

もう一度つぶやくと、設楽が目だけでこちらを見た。

表参道駅《おもてさんどう》に着くと、すでにみんなきていた。

夏休みに入って、サークルのみんなと顔を合わせるのは久しぶりだった。今日はO大との合同で、プロカメラマンを招いての撮影会がある。夏休み前から決まっていたイベントで、最初は不参加に丸をしていたが、一連の挫折で気が変わった。

「撮影会って奥多摩《おくたま》じゃなかった？」

カメラマンとの待ち合わせ場所へと向かいながら、小山《こやま》にたずねた。

「その予定だったけど、野口《のぐち》さんの都合で急遽《きゅうきょ》変更になったんだって」

「野口さん？」

「本日のスペシャルゲスト。芸能人の写真集とか撮ってる有名なカメラマン。講師なんて引き受ける人じゃないけど、O大の部長のツテできてもらえた……って最初は喜んでたけど」

なんとなく含みのある口調だった。

「でも、やっぱり、すごーく忙しい人だったみたい」

小山の視線の先を辿《たど》ってみると、おしゃれが爆発しているカフェの前に人だかりができていた。なにかの撮影をしていて、平良でも顔を知っている有名なモデルが何人かいる。まだ夏なのに秋っぽい長袖を着ている。おそらくファッション雑誌の撮影だろう。

「あそこでカメラ構えてる人が野口さん」

三十代半ばくらいだろうか、長身の短髪。芸能人の写真集やファッション雑誌のカメラマンらしくラフだがしゃれた服装で、本人がモデルのようだ。

「今日は俺たちの講師じゃないの？」

「そんなことしてる暇がないから、場所を変更したんじゃない？」

自分が行けないから、学生を呼んだということか。見物人にまぎれて眺めていると休憩が入った。スタイリストがモデルのメイクを直し、スタッフが忙しなく動き回る。その中から野口が抜け出してきて、Ｏ大の部長に挨拶をしてから、こちらに向き直った。

「みんな、今日はきてくれてありがとう。最初は奥多摩を考えていたけど、自然豊かなお達者コースはこの先いくらでも撮れる。きみたちは若いんだから、今しか撮れない刺激にあふれた都会の風景を撮ってほしいと思い直した。なにを撮るかはそれぞれ自由。写真は教えられて撮るものじゃない。自分のアンテナに引っかかるものを好きに撮ってくれ。その中から、これぞと思うものを選び、俺のアドレスにデータを送ってくれ。俺の感性に響くものがあれば連絡する。連絡がなくても駄目というわけじゃない。自分の世界観を大事にしてほしい」

すごい早口でまくしたて、O大の部長に配っといてと名刺をごそっと束で渡す。

「野口さん、お願いしまーす」

スタッフから声がかかる。野口は「はいはーい」と返事をし、じゃあがんばってとこちらに笑顔で手を上げ、駆け足で撮影に戻っていった。

——あらゆる意味で最低な対応だ。

平良は妙に感心してしまった。立て板に水みたいな挨拶もすごいし、あんなにしゃべったのに急な場所変更について一度も謝らなかったのもすごいし、なにより、おまえらの面倒を見る時間はないから勝手に撮っとけ、データは送ってきてもいいが見るかどうかはわからない、ということをネガティブな言葉を使わずに笑顔で堂々と伝えた。

やはり商業カメラマンにはあれくらいの図太さと話術がないと駄目なんだろうか。木村伊兵衛写真賞とは別方向でハードルが高すぎる。

「……あ、じゃあ、それぞれ自由に撮るってことで」

O大の部長が申し訳なさそうに言い、みんなは不安気にあたりを見回した。ファストファッションのチェックシャツにチノパン、スニーカー。地味ダサな写真サークルの集いと、おしゃれが世界的規模で噴火している表参道の風景はまったく相容《あいい》れない。

「平良、どうする?」

「しかたないし、なんか探して撮るよ」

あたりを見回す自分たちの横を、サークルの仲間が話しながら通り過ぎていく。

「なに撮ろうかな。チャンスだし、少しでも野口さんに印象づけたいよな」

あんな対応をされたのによく張り切れるなと思ったが、

「野口さん、『ヤング・フォトグラフィカ』の審査員なんだよ」

小山がこそっと教えてくれた。張り切っているのは、一次審査に通ったやつだった。

「……ああ、そうなんだ」

動揺を抑えるために、少しの努力を要した。

「平良、あそこのビルいってみようか」

小山が駅近くの高層ビルを指差した。不安定なおもしろい形をしている。しかし平良は肩に下げていた一眼レフを取り出し、真上に構え、限りなく適当に空を撮った。

「撮ったから帰るよ。バイトあるし」

「え、おい、平良?」

驚いている小山にじゃあお先と言い残し、平良は駅へと踵《きびす》を返した。

梅雨の中日で、今日は久しぶりに晴れている。初夏の空をより青く、真っ白な雲をより白く際立たせるためのPLフィルターをつけることすらしなかった。適当すぎる写真には、おまえなんかに見てもらわなくて結構だというメッセージが込められている。

ひどく怒っていたのに、帰りの電車に揺られるうちに冷静さが戻ってきた。これほど怒りがこみ上げるのは、野口が『ヤング・フォトグラフィカ』の審査員だと聞いたからだ。自分で思っている以上に、一次落ちという結果にこだわっていることを思い知らされた。

自覚すると、怒りと入れ替わりに恥ずかしさが膨れ上がる。手抜きしまくりの空の写真。こんな子供じみた怒りをぶつけても、向こうは自分のことなど知らないだろう。だいたい審査員が見るのは最終審査だけで、一次で落ちた自分の写真など見てもいないはずだ。

——俺は、実はすごい自意識過剰なやつだったんだなあ。

自分を底辺だと言いながら、心の底では過大評価していたのだ。たいした才能もないのにプライドだけ高い。鼻持ちならない。恥ずかしい。情けない。みじめだ。帰りの電車に揺られながら大きな溜息をつくと、すぐ前に座っていたおばあさんがこちらを見上げた。

「若いのに駄目よ。溜息をつくと幸せが逃げるって言うわ」

おばあさんに悪気はない。わかっているけれど、溜息をつかねば内側からの圧に破裂しそうなときもある。余計なお世話ですと言いたいのをこらえ、もうひとつ大きな溜息を洩《も》らすことで無言の抗議をした。若者だって大変なのだ。溜息くらいつかせろよと。


梅雨が明けた途端、一気に夏がきた。秋に放映される清居の連ドラがクランクインし、今日はそのロケ現場を見学にきている。緑の多い公園なので直射日光を避けられて助かる。

「安奈も清居くんも調子いいみたいだね」

隣で設楽がつぶやいた。日よけに金田一耕助《きんだいちこうすけ》みたいな帽子をかぶっている。平良はいつもと同じ目深なキャップ、サングラスにマスクの不審者スタイル。真夏にこの恰好はきついが、高校時代、炎天下の河原で十時間、清居のために花火の場所取りをした実績があるので平気だ。

「安奈の連ドラ初主演だから、視聴率出てほしいな」

「出ますよ。絶対に」

「でも最近テレビ離れ進んでるしなあ」

「テレビってその時間、テレビの前にいないと駄目だから面倒なんですよね」

「それでかいよな。パソコンやスマホなら好きなときに好きな場所で見られるけど」

「トイレもＣＭまで待たないといけないですしね」

自分たちこそおもしろみの欠片もない会話をぼそぼそと交わす。日の差さない穴の底でひっそり暮らしているモグラ二匹のイメージが浮かぶ。暗い。しかし平和だ。

大学は夏休みだけれど、ドラマの撮影に入った清居は以前にも増して忙しい。将来的に安奈と清居を二枚看板にしたいという社長の目論見はあたり、清居は着実に人気が出てきている。見物人にも清居のファンだろう若い女の子が日々増えている。

「ドラマはじまったら、清居くんは確実にブレイクするだろうね」

「多分、そうでしょうね」

「大丈夫？」

「なにがです？」

隣を見ると、金田一耕助帽の縁を汗でにじませている設楽と目が合った。

「最近、元気ないみたいだから」

「あー……、まあいろいろあって」

木村伊兵衛写真賞を獲る、という巨大な目標の前でただうろうろしている自分に日々焦りを募らせている。しかし反動で、こんなことならスーツを着て会社訪問をするほうが全然楽だなと、今まで恐怖だった就活に対してのハードルは下がった。これは不幸中の幸いなのだろうか。

「わかるよ。清居くんと距離ができそうで怖いんだろう？」

「え？」

「新人のころからずっと応援してて、人気が出るのは嬉しいんだけど、だんだん手が届かなくなっていく寂しさはあるよね。最初から届いてないんだけど、まあファン心理として」

「ああ、そういう意味ですか」

「違った？」

「違います」

あっさりとうなずいた。恋人の清居に対しては喜怒哀楽が複雑に絡み合っているが、芸能人の清居はそれとは違う。清居という光り輝く太陽の周りを巡る、自分は地球のようなものだと思っている。太陽が在るから自分も在る。太陽がなければ今の自分もない。抗《あらが》いようのない巨大な摂理を前に、人気云々《うんぬん》は関係ない。太陽の人気を気にする惑星がどこにいる。

——本当に星だったらよかったのに。

恒星、惑星、衛星。大宇宙の法則につながれた運命の星々。互いのつり合いも営業力もトークカも木村伊兵衛も関係ない超空間……現実逃避をしているとスマホが震えた。部長からだ。

『もしもし、平良？　俺だけど。あのさ、ちょっとやばいことになってんだ』

「どうしたんですか？」

『おまえ、こないだの撮影会のデータ、野口さんに送った？』

「……あ、いえ」

あの日に撮ったのは適当の極みの空の写真だけで、とてもじゃないが送れるものではなかった。しかしデータを送っていないのは平良だけで、野口がひどく怒っているのだと、野口とつないでくれたO大の部長から苦情が入ったと言われた。

「すみません。今日中に送ります」

箸にも棒にも引っかからない空の写真しかないけれど——。

『いや、それじゃすまない感じで、平良に直接謝罪にくるよう言ってるんだ』

平良は眉をひそめた。急な場所変更、それについての謝罪もせず、口八丁で煙に巻いて現地解散させた自分の無責任さは棚上げかと、すうっと頭が冷えていく。

『俺も正直なとこ腹立つとこはあるんだ。ちょっと有名人だと思って横柄だよ。けどO大とのこれからの関係もあるし、ここはこらえて顔出してくれないか』

俺もついていくから、と部長が申し訳なさそうに言う。

「大丈夫です。ひとりで行きます」

『おまえ、ひとりでちゃんと謝れるか？』

幼稚園児のような心配をされる自分がほとほと情けなくなった。大丈夫だと答え、部長から野口のアトリエの住所を聞き、今から行ってきますと通話を切った。

「設楽さん、俺は用事が入ったんでこれで」

声をかけたが、設楽の目は撮影に入った安奈に釘づけだった。うっとりとした横顔は、完全に敬愛するスターの世界にダイブしている。本当なら自分もあの幸せの中にいたのにと、平良は憂鬱な気分で踵を返した。


「……すみません、F大のカメラサークルの者です」

インターホンに話しかけると、へーいと男の声でオートロックが解除された。エレベーターを待っているとき、謝罪訪問にはつきものの菓子折りを忘れたことに気づいた。買いに戻ったほうがいいだろうか。いろいろ考えて、もういいやと開き直った。

自分の行いは棚上げで、強者の立場を嵩《かさ》にきて居丈高にふるまう。そういう連中に、吃音《きつおん》持ちの自分はずいぶんと痛い目に遭わされてきた。こんなことには慣れている。頭を下げて、心の中では罵倒してやればいい。クソ野郎。恥を知れ。クソクソクソクソクソクソ――。

「……F大の平良です。今回はどうも申し訳ありませんでした」

クソクソクソクソクソと内心唱えながら、出てきた野口に深々と頭を下げた。大人げないおっさんめ。さあ好きに罵倒しろ。クソクソクソクソクソ――。

「えーっと、なにが？」

クソクソクソクソクソ……ん？　平良は下げていた頭を上げた。

「あの、先日の撮影会で俺だけ写真を送っていない件で……」

「ああ、さっそくきてくれたんだ。呼びつけて悪いね。さ、入って入って」

にこやかに招き入れられ、調子が狂った。すごく怒っているんじゃないのか。やっぱり菓子折りを持ってきたほうがよかったのか、と今さら後悔した。

「適当にそこらへん座って。コーヒーでも淹《い》れる」

指し示されたソファの上は、雑誌や写真集や書類袋で埋まっている。

「適当にって言うのは、適当に片づけて座ってって意味」

そう言われ、平良はおずおずと雑誌類をまとめて端に寄せて腰を下ろした。

知らない年上男、プロカメラマンのアトリエ。居心地の悪さと緊張と好奇心が入り混じって落ち着かない。うつむきがちに目だけで室内を眺めた。ワンフロアぶち抜きの広いアトリエは散らかり放題だ。コンクリート打ちっぱなしなので倉庫のように見える。

「お待たせ」

野口がアイスコーヒーを運んできた。つややかな銅製のマグカップにたっぷり注がれた氷とコーヒー。水っぽくなるからと勧められ、い、いただきますと詰まりながら頭を下げて一口飲んだ。わずかに目を見開くと、「うまいだろ?」と野口は得意そうに笑った。

「俺はコーヒー『だけ』はきちんと淹れるんだ」

そうなんだろうなと、乱雑すぎてまっすぐ歩けそうにないアトリエをちらっと見た。

「ひどいありさまだろう?」

そうですねとうなずきかけた首を慌てて止めた。ここには謝罪にきたのだった。

「こないだアシスタントのひとりが田舎に帰っちまったんだ。本当惜しいやつだった」

才能のある人だったのか。それでもプロにはなれない現実をかみしめていると、

「アシスタントをするために生まれてきたようなやつだったのに」

野口が溜息をつき、田舎に帰ったのは賢明な選択だったことがわかった。

野口は流れに任せ、だらだらと愚痴をたれはじめた。最近鬼のように仕事が立て込んでいること。もうひとりアシスタントはいるが、そちらは個人での仕事を受けはじめていて、終日つけないときもあること。未整理のデータが山のように積み上がって寝る間も食う間もなく、イ

ンスタント食品の比率と血糖値が急上昇していることなどを話している。

「……あの、忙しいみたいなのでもう失礼します」

「え？」

「写真の件はすみませんでした。いいものが撮れなかったので送らなかったんです。悪いのは俺なので、O大の部長は悪くありません。あの、じゃあ失礼しました」

ぼそぼそとだが、吃音も出さずに謝れたことに安堵《あんど》した。

「いや、ちょっと待って。さっきから謝ってるけど、俺はなにも怒ってないよ？」

えっと顔を上げると、野口は怪訝《けげん》そうな顔をしていた。

「O大の部長に、俺に直接謝罪にくるように言ったんじゃないんですか？」

「俺が忙しくて動けないから、きてほしいとは言ったけど」

「でも写真送ってないの俺だけって」

「ああ、きみだけだったたから気になってた。こないだはせっかく集まってもらったのに俺の都合でろくに面倒見られなかったから、さすがに写真くらいは見なくちゃと思ってね」

ぽかんとする平良に、野口は「伝言ゲームは怖いな」と肩をすくめた。

「まあ、よくあることだけど。ファッション関係のカメラマンってだけで派手とか軽薄とか女たらしとか傲慢《ごうまん》とか、技術なしの営業トーク野郎とか色をつけられるから」

「あ、す、すみません」

「そこで謝るってことは、やっぱりそう思ってた?」

問われ、慌てて否定の言葉をもごもごつぶやいた。けれど確かにそう思っていた。多分O大の部長も、うちの部長もだ。非常識な怒り方でも『売れっ子カメラマンだし』、という勝手なイメージだけで納得してしまう。その人のことをなにも知らないくせに。

「慣れてるから気にするなよ」

寛大な対応に、じりっと耳の縁が熱くなった。

「で、ここから本題なんだけど。平良くん、うちのアシスタントやらない?」

予想外の言葉に目を見開いた。

「俺の状況はさっき説明しただろう。困ってるんだ。大学が夏休みの間だけでもどう?」

「え、あ、あ、で、で、でも、なんで俺なんかを」

さっきはしのげた吃音が出た。

「『ヤング・フォトグラフィカ』に応募しただろう?」

「み、見たんですか?」

「そりゃあ審査員だから。ろくに見てないと思われてるだろうけど」

おかしそうに笑われ、居たたまれない気分になった。

「俺の感想を言わせてもらうと」

どきりとした。

「すごく幼稚な写真だった。人を消すなら最初から人がいない風景を写せばいいのに、わざわざあとから消すことで自分は世の中が大嫌いだって、とてもわかりやすく訴えてた」

さっきまでの羞恥は形を変え、倍以上にふくらんだ。

「幼稚で、気持ち悪くて、すごく目を惹かれた」

貶《けな》されているのか褒められているのかわからない。

「おまえさあ、ちっさいころから嫌なこと多かったんだろうな」

ふいに呼びかけが変わり、口調が親密なものに変わった。野口はリラックスしたようにソファにどさりともたれ、ポケットからくしゃくしゃにつぶれた煙草の箱を取り出した。

「マイルールも多いだろう？」

煙草に火をつけ、口にくわえたまま器用に煙を吐き出した。

「友達も少なそうだし、彼女とか絶対いないだろう」

「……それは、いますけど」

かろうじてそこだけは主張しておいた。

「え、嘘」

「本当です」

「意外だな」

悪い人ではないのだろうが、微妙に失礼な人であるとわかった。

「まあいい。話を戻そう。俺がおまえの写真から感じたのはすごい自分勝手さと、鼻持ちならなさ。まだなにも成してないくせに、自分はすごいと勘違いしてて、でもそういう自分をストレートに見せずに卑下の殻で守って、世の中を上から目線で見てる若さの馬鹿さ」

あまりのひどさに絶句した。ここまで貶されると怒りも湧《わ》かない。それに、野口が語る平良像は当たらずとも遠からずという感じで、なんだか背骨のあたりがすうすうしてくる。にこやかだけれど野口の目は鋭く、丸裸にされているような羞恥を感じる。

「だから、うちでアシスタントしない？」

その『だから』はどうつながっているんだろう。

「どうして俺なんですか。とりあえずなら０大の部長でもいいのに」

「昔の俺とそっくりだから」

「…………は？」

思わず目を眇《すが》めた。この立て板に水のようにしゃべくりまくる、しゃれた感じの、芸能人やモデルの写真集をたくさん出している有名なプロカメラマンと自分にどんな類似点が？

「共通点はないような気がするんですけど」

「見た目にはないね。俺そんなだっさくないし」

「それに俺、吃音があるんです」

「俺の友人にもいるわ」

野口はなんでもないことのように言った。

「いつからきてくれる？」

問われ、急いで頭の中でスケジュール帳をめくった。

「二十二時から翌日の五時以外の時間帯で相談させてもらえるなら」

「睡眠大事にするタイプ？」

「工場の夜勤をしてるんです」

「働き者だな。うちでもその調子で頼む」

プロカメラマンの手伝いなどまったく自信はないけれど、

「……はい」

おそるおそる、うなずいた。自分がどれほどネガティブでも、これが万に一つのチャンスなのはわかる。商業カメラマンも木村伊兵衛写真賞も、エベレスト登頂くらい遥かな高みだが、野口のアシスタントにつくことは確かな一歩だ。挑戦と失敗はワンセットだから怖い。けれど清居のそばにいるための唯一の道がこれだとしたら、進むしかない。

明後日からくる約束をして、アトリエから帰ろうとしたときだった。

「ああ、そうだ、おまえが一次審査で落ちた理由だけど」

びくりと振り向いた。

「なんだと思う？」

「……へ、下手くそだから」

思い出したくない出来事に声が小さくなった。

「学生らしくない」

「え？」

「って御年六十八歳の審査委員長が眉をひそめたから」

アホらしいよな、と野口は外国人のように手のひらを上向けてみせた。


「野口って、まさか野口大海《ひろみ》？」

名刺を見せると、清居はすごいと眉根を寄せた。

「業界でも本当に有名なカメラマンだぞ。安奈のファースト写真集も野口さんだ。うちの社長とも個人的に親しくて、俺の写真集も野口さんに頼むつもりだって言ってた」

清居の口から聞く野口が手がけた写真集は、芸能人にうとい平良でも知っている有名な俳優や歌手のものばかりで、自分が思うよりもずっとすごい人なのだと知った。

「清居、写真集出す予定があるの？」

「まだ企画段階だけどな。ドラマが終わったくらいの時期にぶつけようかって」

「そうか、ドラマのあとでブレイクしてるだろうし」

一冊すべて清居の写真なんて、想像するだけで興奮した。すべて買い占めたい欲求と、清居の美しさをひとりでも多くのひとに知ってほしい欲求がぶつかり合う。どっちに転んでも幸せコースで、デュフッと漏れた笑いに、ほんときもいわとドン引きされた。

「安奈のファースト写真集、評判も売り上げもかなりよかったしな」

清居のつぶやきを、平良はうんうんとうなずいて聞いていたが、

「俺も野口さんになら撮ってもらいたいと思う」

その言葉に、軽く頬をぶたれたような衝撃を感じた。


俺も野口さんになら撮ってもらいたいと思う。


別におかしくない。清居は芸能人で、プロのカメラマンに撮られるのは当然のことだ。けれど名指しで誰かに撮ってもらいたいと聞いたのは初めてだった。

——じゃあ、俺は？

間欠泉みたいに強い問いが噴き上がった。俺は？　俺は？　俺には撮られたいと思わないのだろうか。問いかけはみるみる灰色に濁って、どろりと重みと粘りを増した。

なんだこれは。

すごく気持ち悪い。

不意打ちの感情に戸惑った。

見上げるしかないキングが、玉座から降りて手を取ることを許してくれている。暮らしを共にし、ベッドを共にし、プライベートスナップをいつでも撮らせてくれる。これほどの幸せはないはずなのに、清居に撮ってほしいと言われるプロのカメラマンに反射的に嫉妬した。身の程もわきまえず、自分はどんどん欲張りになっている。

──これは、危ない。

自分勝手さと鼻持ちならなさ。まだなにも成してないくせに、自分はすごいと勘違いしている。昼間の野口の言葉を思い出し、恥ずかしさに嫌な汗が出る。

「なに固まってんだよ」

フリーズしている平良に清居が気づく。

「……あ、ううん。野口さんに撮ってもらえるといいね」

なんとか取り繕うと、清居がなにか言いたげな顔をした。

「嫌じゃねえの？」

「なにが？」

「俺が他のカメラマンに撮られたいって言うの」

──嫌だよ。

反射的に出た答えに、またもやボディブローを食らわされた。えずきそうになる。清居はなんて残酷な質問をするんだろう。せり上がってくる苦くて酸っぱい感情を飲み込んだ。

「嫌じゃないよ」

そう答えると、清居は眉根を寄せた。

「清居を一番綺麗に撮ってくれる人に撮ってもらうのが一番いい」

清居の目元がつり上がっていく。山猫が毛を逆立てて威嚇しているような、猛々しい美しさに目を奪われた。鋭く切れ上がった目には一筋の甘さもない。

——清居を自分のファインダーだけに閉じ込められたら——。

無理やり飲み込んだ感情がせり上がってくる。それを飲み込む。せり上がる。飲み込む。気持ち悪すぎる内的闘争に、えずきがどんどんひどくなり、耐えきれず口元に手を当てた。

「どした？」

「……ごめ、ちょっと気持ち悪い」

「え、吐くのか？」

「ごめん、トイレ行ってくる」

逃げるように個室に飛び込んで鍵をかけた。便座に顔を伏せると、オレンジ色の胃液が少し出た。嫉妬や独占欲、いつの間にか腹の底にたまっていた苦くて酸っぱい感情の色だ。

「平良、大丈夫か」

ドアを開けようとする気配。ノブを回そうとして反発する音。

「なに鍵かけてんだよ。開けろ」

「……ごめん。大丈夫だから」

「大丈夫じゃねえだろ。水持ってきてやったからさっさと開けろ」

「ありがとう。でもいいから。ほんと……ひとりで」

身の程知らずな願いに自家中毒を起こしている、こんな姿は見られたくない。

少しの沈黙のあと、去っていく足音が聞こえた。

もう吐くものもなくなって、オレンジが渦巻く汚水をじっと見た。

──自分の世界に閉じるところがあります。

──協調性に欠けるところがあります。

小学生のときはよく通知表に書かれた。三つ子の魂は強くゆるぎないのだろうか。

自分と清居の暮らしは、うまくいっていると思っていた。けれど水面下では濁流が渦巻いていて、いつ足を取られて水底に沈むかわからない怖さがある。


アルバイト初日、アトリエにいくと野口ではない男が出てきた。

「アシスタントの香田《こうだ》です。野口さんから話は聞いてる。大学生で夏休みだけだって？　今日は昼からグラビア撮影二連発の予定で、野口さんはスタジオに直接くるから、俺たちは今日使う機材を用意して、平良くんは昼までに扱い方を覚えてね」

平良の返事は必要なく、話しながらアトリエに戻る香田のあとをついていく。

「スタジオには機材がそろってるから、こっちで用意するのはそれほどない。でもスタジオごとに機材が違うから知識が必要になる。これが今日のスタジオの機材表。で、そのあとは屋外撮影。夕方だから当然ストロボ、アンブレラ、レフ板。当たり前だけど各付属機器。カメラは野口さんが持ち歩いてるけど、別の機種を用意することもある。レンズとボディはこの棚。鍵は野口さんとアシスタントが保管する。失くさないでね」

差し出された鍵を受け取った。ずらっと棚にならんだボディとレンズ。新車が二台は買えるだろう中判や大判カメラまである。絶対失くせないと鍵を強くにぎりしめた。

子供のころからカメラには馴染んでいるけれど、プロ用の機材を扱うのは初めてだ。香田は丁寧だがすごい早口で説明していく。メモを取る余裕もないので集中した。

けれど機材の扱いよりも、現場のほうが大変だった。撮影にはいろんな職種の人間がいる。モデル、ディレクター、カメラマン、スタイリスト、ヘアメイク、各アシスタント、雑誌の編集者、スポンサー。慣れない平良は無駄にうろつき、みんなの動線を邪魔することになった。

ディレクターと野口の打ち合わせのあと、演出やコンセプトに沿ってライティングを決めていく。露出計を手に位置や角度を決めていく。もう少し上。右向けて。ああ、いきすぎ。戻して。モデルの立ち位置考えて。矢継ぎ早の指示に対応しきれない。

「す、す、すみ、すみ、すみません」

焦りと緊張で吃音が出たが、詰まっている間にも次の指示が飛んでくるので気にする時間もない。他のスタッフもそれぞれの分野のプロで、自らの仕事に集中しているので平良の吃音など耳にも気にも留めない。それよりも、使えないバイトとして真っ当に邪険にされ、それは平良にはありがたいことだった。無能な人間が怒られるのは至極正しい。

吃音も引っ込んで「すみません」を五百回ほど繰り返したころ、テストシュートもすんでようやく本番に入った。プロは信じられない量を撮る。のべつまくなしのシャッター音とモデルへの声かけに酔っ払いはじめたころ、おつかれさまでーすと響いて我に返った。

――もう終わり？

嘘だろうとあたりを見回すが、現場の空気はすでにほどけていた。

「現場は準備が八割。次があるからさっさと片付ける」

野口に尻を叩《たた》かれ、慌てて機材の片付けに走った。

駐車場に停めてある野口の車を香田が運転し、次の現場であるお台場《だいば》に向かった。落ちかけの夕陽や夜景をバックに撮るらしい。ありきたりでつまんないよなーと、野口は後部座席でずっと文句を言っていた。しかし現場につくやいなや笑顔を振りまいた。

「カメラマンにとって現場の雰囲気作りも準備のうち。笑え」

またもや尻を叩かれ、慌てて笑ってみたが、

「あ、やっぱいい。めっちゃ気持ち悪い。早急に爽《さわ》やかな笑顔の練習をするように」

「……はい」

現場での段取り以上に難易度の高い要求だと肩が落ちた。とりあえず口角だけは意識して上げる中、西から怪しい雲が迫ってきているのに気づいた。

「野口くーん、やばい。ゲリラ豪雨くるって」

プロデューサーが駈《か》け寄ってきて、野口はしかめっ面で空を見上げた。光量が刻一刻と変化していく夕暮れの撮影はただでさえ難しい。そのうえ雨か。

「どうしよう。スタジオに切り替える?」

「うーん、それもなあ……」

野口たちが相談する中、おつかれさまでーすとスタッフたち一斉の声かけが響いた。平良も作業の手を止め、現場に入ってきた女優に注目した。安奈だ。

「おーっ、やっぱ一流のオーラすげえな」

安奈に視線を張りつかせたまま、香田が囁《ささや》いてくる。

太くて濃い眉。大きくて意志的な瞳。顔立ちは男性的なのに、分厚い唇と真っ黒なロングウェーブヘアのせいか、全体的にコケティッシュな印象だ。忙しなく立ち働くスタッフの中、安奈は用意されているチェアに腰を下ろして迫る雨雲を眺めている。

「二十三にして、すでに大女優の貫禄ですな」

同世代の男じゃ太刀打ちできない、と香田は肩をすくめて作業に戻った。

安奈は十代でベルリン国際映画祭で女優賞を獲り、若くして演技派としてブレイクした。今では弱冠二十三にして未来の大女優候補として認められている。その裏返しか、傲慢だのわがまま女王さまだのと週刊誌で意地悪な記事もよく書かれている。

けれど清居の出待ちをしていたときに見かけた安奈は、週刊誌が作ったヒールなイメージとは反対に、いつもファンに笑顔で対応していた。こちらに手を振って歩いているときにつまずき、照れ笑いをしていたこともあった。仕事を離れればごく普通の女の子に思える。

考えているうちにも、雲行きがみるみる怪しくなってくる。このまま撮影に入ったら確実に土砂降りだろう。プロデューサーが残念そうに首を振った。

「野口くん、やっぱ無理だわ。今日はスタジオにしよう」

しかし野口は腕組みで考えたあと、ふと安奈を振り向いた。

「安奈、びっちょびちょに濡れてもいい？」

ふいの問いかけに安奈は少し目を見開き、すぐに「平気です」とうなずいた。

「よっしゃ、じゃあこのまま撮ろう。香田、平良、ライティング全撤去」

「えー、野口くん、頼むよー」

プロデューサーが泣きそうな顔をする。

「夕焼けバックより、土砂降りの方が安奈に似合うと思わない？」

「でも事務所の意向もあるし」

「事務所には俺から話す。知ってるだろ。安奈の初写真集は俺が撮ったのよ？」

プロデューサーはしばし悩んだあと、信じるよ、と祈るように手を組んだ。

用意していたライティングを大急ぎで片付け、野口がカメラにクリップオンストロボを取りつけレインカバーをかける。それだけ？　と驚いているうちに撮影がはじまった。

「時間勝負だから一気にいこうか」

野口の声かけにうなずき、安奈が大股で浜辺を歩いていく。それを見て息を吞んだ。そこにはもうさっきまでとは比べものにならない、圧倒的な存在感を放つ女優の安奈がいた。

「うつむいて、不機嫌そうなとこからはじめよう」

夕陽は分厚い雨雲に隠され、あたりはどんどん暗くなっていく。ストロボのきついフラッシュがうつむきがちな安奈に直接当たる。眩《まぶ》しさに思わずまばたきをした。

――こんな荒っぽい撮り方でいいのか？

ストロボの光をモデルに直接照射するなんて雑すぎる。だいたいさっきのスタジオ撮影では大型ストロボの光をアンブレラに反射させ、それをレフ板に当て、さらにディフューザーで拡散させ、徹底的に光に丸みを持たせていた。これじゃあガチガチに固い写真になる。

――あとで相当レタッチが必要だな。

不安が拭えない中、ついに雨が降りだしてきた。大粒の雫《しずく》がつむじを叩く。みるみる強まり、ふわふわだった安奈のロングウェーブは昆布みたいに顔や肩に貼りついた。

「安奈、笑って、思い切り」

ひどい有様の安奈に向かって、野口が指示を出す。安奈はためらうことなく笑った。嵐のような天気にまったくそぐわない、指示通りの思いっ切りの笑顔。それは奇妙な迫力に満ちていて、全員が息を呑んだのが伝わってきた。

ひとつ前のスタジオ撮影では、かわいいねとか綺麗だよとモデルを上げていたのに、今は一切ない。笑いながら地団駄踏んでとか、泣きながら笑ってとか、難しそうな指示をたまに出し、最後、安奈を砂浜に死体みたいに転がして撮影は終了した。

撮影のあと、野口は別件の打ち合わせにいってしまい、平良と香田は機材をアトリエに戻してから、今日撮ったデータの整理をしていった。

帰りの車内で野口がざっと確認したデータの中から、チェックがついているものだけを捨てていく。見てすぐわかるミスショットばかりで、それ以外は野口の再チェック待ちだ。一枚ずつ見ていく中、鳥肌が立つようなショットが何枚かあった。

素人のようなストロボ直射光は、灰色の雨雲の重量感とゲリラ豪雨の暴力性をくっきりと浮かび上がらせていた。まるで無数の透明な弾丸が降り注いでいるようで、それに撃ち抜かれて笑う安奈の常軌を逸した迫力が力強く写し出されている。

あとでかなりレタッチするんだろうと思っていたが、これは下手にさわらず最低限の修正にとどめたほうがいいレベルだ。これほどのクオリティの生データは初めて見た。

「これ、めちゃくちゃいいな」

惹き込まれていると、後ろから香田がパソコン画面をのぞき込んできた。

「ちょっとテリー・リチャードソン思い出す」

「ああ、言われてみれば」

ストロボ一灯の直接光で、恐ろしくエッジのきいた写真を撮るアメリカの大御所だ。極端なほどライティングに凝らないスタイルが、実は技術の拙さゆえというのが皮肉めいていておもしろい。

「野口さんって不思議だよな。あんな売れっ子なのにこれぞ野口カラーってのがなくて、とことんモデルの個性に寄せてくんだよ。本人は『カオナシ』って自虐するけど」

「そうなんですか？」

「昔は風景撮ってたらしい」

えっと振り向いた。

「信じられないだろ。全然芽が出なくて、食ってくためにポートレイトに切り替えたんだ。そしたら評判がよかった。そっちのが才能あったんだな。方向転換して大正解」

香田は笑い、明日は早朝から個人で受けている仕事があるからと帰っていった。

平良は残り、データの整理をし終えてから帰り支度をした。カメラのボディとレンズが保管してある棚は何度も施錠を確認する。これでOKと帰ろうとしたとき、ふと思い出して書類棚に向かった。野口が撮っていたという風景写真を見たかった。

ナンバリングされたファイルはここ十年ほどのもので、それ以前はない。古いものから順番に抜き出してみたが、すべてポートレイトだった。これも、これも、これも。

一枚も風景写真はなかった。

戯れにすら、ただの一枚も、撮られていない。

もう撮らない、という頑ななまでの意志が伝わってくる。

ポートレイトはすべて、それぞれのモデルの個性に徹底的に寄せた撮り方だった。ひとつひとつの作品に一貫性がない。野口の作風が見えない。なのに撮られた写真はどれも素晴らしいもので、いろんなちぐはぐさになにかが潜んでいるように感じてしまう。

――ポートレイトのほうが才能あったんだ。方向転換して大正解。

大正解という言葉の意味を考えていると、小さく鍵の回る音がした。

「ああ、まだ残ってたのか。おつかれさん」

帰ってきた野口が、ファイルを手にしている平良に声をかける。

「すみません。勝手に見て」

「いいよ。ここにあるもんは好きに見な」

疲れたわーとソファに腰を下ろす野口に背を向け、ファイルを棚に戻した。

「あー、腹減った。平良」

「はい？」

「ラーメン作って。鍋とラーメンはシンクの下」

もう帰ろうと思っていたのだが——。

「師匠を餓えから守るのもアシスタントの務めだぞ」

「いや、それは……」

「なんだよ」

「どちらかというと、母親や奥さんの守備範囲だと思います」

「アホか。三十超えた男の餌に母親も嫁も関係あるか。ソファにふんぞり返って飯とか言ったら鍋が飛んでくるわ。だから圧倒的権力差のあるアシに作ってもらうしかない」

理不尽な命令も、堂々と言われるとつい従ってしまう。これがブラック企業の構造なのかと考えながら、おとなしくミニキッチンで湯を沸かした。野口がやってきて、シンク下からウィスキーとグラスを取り出す。なぜかその場で飲みだし、ふたり並んで沸騰を待った。

「どうだった」

「え？」

「俺の写真」

「いいと思いました」

本当は風景写真を見たかったのだけれど――。

「めちゃくちゃ棒読みじゃねえか」

野口は平良からラーメンの袋を奪い、沸いた湯に麺を突っ込んだ。

「本当です。今日の安奈さんの写真、すごかったです」

「そりゃどーも」

「どうしたら、あんなふうに撮れるんですか？」

「テリー・リチャードソンをパクればいい」

ぎょっとすると、本気にすんなと笑われた。

「あんなふうとかじゃなく、おまえ自身はなにが撮りたいんだよ。やっぱあれか。『ヤング・フォトグラフィカ』に送ってきた人類消滅計画的な病んだやつ？」

「……いえ、そういうことでもない気がします」

あの写真は幼いころからの鬱屈した心情の捌《は》け口みたいなもので、『撮りたい』のかと問われると違う。ではなにが撮りたいかと問われたら、今はなにを置いても清居と答える。けれど、それを口にすることはためらわれた。自分の隣にいるのは、清居が『撮ってもらいたい』と願っているカメラマンだ。野口なら、清居をどんなふうに撮るだろう。

弾丸のような透明の雨に撃たれて笑っていた安奈。モデルの個性に寄り添って、魅力を最大限に引き出す。あんな生命力にあふれた写真は自分には撮れない。悪条件を逆手に取って、今しか撮れない一瞬を切り取る技術と臨機応変さもない。どれだけ清居を撮りたくても、野口が撮る清居にはきっと敵わない。

——敵わない？

心の縁がちりっと焦げた。気をつけて抑え込んでいても、ちょっと油断するとすぐ身の程知らずな自分が顔を出す。清居のことになると理性が吹き飛んで、足元にも寄れない相手に感情だけで張り合おうとする。みっともない。恥ずかしい。あさましい。

「撮りたいものは、ありません」

先日と同じ、苦くて酸っぱい嫉妬の感情を否定の言葉で飲み込んだ。

「撮りたいものは、ありません」

自分の中で激しく波立つものを鎮めるように、もう一度繰り返した。

手が届かないからこそ、夜空の星は美しい。

そう思う同じ強さで、自分以外の誰にも清居を撮らせたくないと思ってしまった。

誰よりも、自分こそが清居を一番美しく撮りたいと思ってしまった。

それは、星に触れようとすることだ。

戒めても戒めても、やわらかい布に染みが広がっていくように強欲になっていく。触れてはいけない。触れたい。触れてはいけない。触れたい。真逆のものが、自分というひとつの器の中で暴れている。びちゃびちゃとあちこち気持ちが跳ねる。静まれ。頼むから。

「撮りたいものは――」

「あー、はいはい。そこまで否定しなきゃ耐えられないほど撮りたいものがあるんだな」

「え？」

隣を見ると、野口もこちらを見た。

「とことん惚《ほ》れる対象に出逢うと、自分に写しきれるかどうか怖いよな」

おかしそうに笑われ、波立つものはさらに大きくなった。

「そういうんじゃありません」

「自信がないんだろう？」

「だからそういうんじゃ」

「自信がついたら、撮りたいだろう？」

「……それは」

――撮りたい。

――撮りたいに決まってる。

否定する前に本能が答えてしまい、絶望的な気持ちになった。

「そういう思い込みの激しさも、若いクリエイターにはありがちで眩しいね」

言外に自意識過剰を指摘され、居たたまれなくなる。

「懐かしいな。俺も昔はそうだった。やたら自信満々で、目に見えてるもんすべてがつまんなくて、おまえら全部価値がない、消えちまえっていつも怒ってた」

「……あの、俺とは全然似てませんけど？」

「自信がありすぎるのと、自信がなさすぎるのは、肥大した自意識の表れっていう意味で同じ紙の裏表なんだよ。なにかのきっかけで簡単にひるがえる」

皮肉な物言いに、香田の言葉を思い出した。

──全然芽が出なくて、食ってくためにポートレイトに切り替えたんだ。

十年分以上のファイルからも、一枚も発見できなかった風景写真。『やたら自信満々』だった野口が、なにかのきっかけで気持ちを裏返された。なにがあったのか個人的なことをさぐる気はないけれど、絶望というものの味だけは自分もよく知っている。

「まあ、そういう無駄に高い鼻は見事にへし折られて今に至るわけだ。ああ、でも夢破れ心に深い傷を負った繊細おじさんみたいな誤解はするなよ。東京《とうきょう》は夢破れても器用さがあればそれなりに生きていける便利な街だし、俺はまあまあ成功してるほうだ」

「まああどころか、充分すぎると思います」

「で、おまえはこれからどういう方向に進もうと思ってんの？」

聞きながら、粉末スープを入れて麵をかき回す。できあがったラーメンを野口がソファテーブルに運んでいき、しかたなく平良もついていく。結局、野口が自分で作った。

「方向性は、まだ考え中です」

少し前までは、このまま自動的に就活コースに放り込まれると覚悟していた。けれど清居から「がんばれよ」と言葉をもらった今、道は三つに分かれた。就活コース、木村伊兵衛写真賞コース、もしくは商業カメラマンコース。難易度は甲乙つけがたい。

「まだ大学二年だしな。ああ、けど世の中には恐ろしい大学生もいるんだぞ」

「恐ろしい大学生？」

首をかしげると、野口が思い出して吹き出した。

「こないだ写真サイトにすげえ質問が投稿されてたんだよ。『大学二年生の男です。木村伊兵衛写真賞を狙ってるんだけど、どう思う？』って。夜中に大笑いさせてもらったわ」

思わず咳き込みそうになった。

「腹筋断裂しそうなくらい笑ってさ、えらい楽しい気持ちにさせてもらったから、お礼にアドバイスしてやった。『おまえはただちに病院に行くべき』って」

まさかのベストアンサーの正体がわかって口元が引きつった。

「いやはや、木村伊兵衛写真賞とは恐れ入った。若いって無敵だよなあ」

野口がひゃははとラーメンをすすり、平良もやけくそで笑った。

「本当、死ぬほど馬鹿ですね」

「ああ、俺が失くして二度とは取り戻せないもんだ」

野口が似合わない情けない顔をしたので、平良は笑うのをやめた。


真夜中、洗面所の鏡に向かって指で引っ張って口角を上げていると、
鏡越しに清居の美しい顔が半分だけ見えて、びくりと振り向いた。

「……呪いの儀式？」

「あ、清居、ごめん。起こした？」

「こんな夜中に鏡に向かってなにしてんだ」

怪訝そうに問われ、昼間、野口に言われたことを説明した。

「現場の雰囲気作りも大事だから、爽やかに笑えるように練習しろって」

「さすが野口さんだな。初日から早くも帝国脱出の気配か」

笑ってみろと言われ、平良は練習の成果を見せた。にいっと口角を持ち上げると、

「きもっ」

一歩退かれ、平良はやっぱりかと肩を落とした。

「爽やかな笑顔はともかく、なんとかやってけそうだな」

寝室に戻り、ふたりでベッドに入って少し話をした。

「すみませんって五百回くらい謝ったけど」

「初日はそんなもんだろ。けど、言うほどへこんでなさそうじゃん」

「覚えることたくさんあるし、役に立つどころか周りの邪魔するレベルで邪険にされるし、暗黒の高校時代を思い出すし、野口さんからかなりグサグサやられるけど」

「なに言われたんだよ」

「自分でも気づいてなかったこととか、気づきたくなかったこととか」

「最高じゃん」

「工場のバイト、減らさないといけないかも」

「辞めれば？　野口さんとこ給料悪くないだろ」

「うん、でも工場は続けたい」

「掛け持ちなんて身体がもたないぞ」

「そうなんだけど」

プロのカメラマンを目指すなら、野口のところで働けるのは破格の幸運だ。すべてが勉強になる。その一方で、清居に望まれている野口を羨望《せんぼう》し、身の程もわきまえず嫉妬して、ひとりで勝手に消耗する。それも目に見えるようだ。だから、ケーキに栗をのせるという平坦なライン作業で自分をニュートラルに入れ直したい。でないと心がもちそうにない。

「なんでそんなに工場が好きなんだ？」

「工場は、俺とアヒル隊長が流れる金色の川に似ていて――」

「もういい。きもい。寝る」

清居はさっと反転して背中を向けた。


大学、工場、野口のアシスタント、なにより清居との薔薇《ばら》色の二人暮らし。人生で一番忙しい日々を送る中、久々に時間ができたので清居の追っかけにきた。バラエティ番組のワンコーナーに清居と安奈が出る予定で、ロケの場所にはすでに追っかけ常連の輪ができていた。

「あ、平良くん、久しぶり」

輪から少し離れた場所に設楽がいた。

「こんにちは。工場の他にもうひとつバイト増やして忙しくなったんです」

「そうなんだ。学生なのに働き者だな」

しばらく待っていると、清居たちが現れた。軽い打ち合わせのあと、スタジオと中継がつながって撮影が進行していく。みんな目の前の清居や安奈から一瞬も目をそらさない。

撮影が終わっても、清居と安奈はすぐにはロケ車に戻らず、スタッフに囲まれてなにか楽しそうに話している。生の姿を一分一秒でも長く拝んでいたいファンは、みんな幸せそうな顔でふたりを見つめる。いつもはそのはずなのだが――。

「最近、あのふたり仲いいよね」

斜め前にいる女の子がぼそりとつぶやいた。少し前から見かけるようになった清居のファンで、隣の子が「うっそ、あたしもそう思ってた」と同意した。秋からはじまるドラマを盛り上げるために、最近、安奈と清居は以前にも増してからみが多くなった。

「清居くんと安奈って同じ事務所なんだよね。普段からしゃべったりするのかな」

「わかんないけど、話すくらいはするんじゃない」

「先週出た雑誌のインタで、清居くん、安奈の演技好きだって言ってたよね」

「もしかして熱愛フラグ？」

「やだー、わたし安奈って苦手。安奈だけはやめてほしい」

「あたしも無理。偉そうっていうか性格悪そう」

実力派と讃えられる反面、安奈はわがまま女王さまと週刊誌で叩かれることもある。並みの男では太刀打ちできない女優オーラを、威圧的とマイナスに受け取る人もいるだろう。以前の撮影を思い出すと、わがままには全然見えなかったけれど——。

「なにあれ。いつも無愛想なのに、清居くんにはニッコニコじゃない？」

安奈は笑いながら清居になにか話しかけ、清居もリラックスした表情を見せている。どちらも普段クールなキャラなので、ファンとしては胸がざわつく光景だろうことはわかる。

もしも自分が芸能人・清居奏《そう》の一ファンだとしたら——。

自分は現在、清居の恋人という信じられない幸せな位置にいるが、清居が自分のような底辺とつきあっていることがそもそもおかしいのだから、今のこの関係はいつ失われてもおかしくない。別れか、早すぎる死か。サイコロは神さまの手の中だ。

以前はそのことにびくびくしていた。今もびくびくしているけれど、そうならないよう努力する方向にきている。方向性を与えてくれたのは清居だ。なのに、やはり、そうなってしまうんじゃないかという不安は常にある。これはもう性分なのでしかたない。

清居と別れたあと、自分に許されるのはスターとファンという関係だけだ。

かつて清居と共に過ごしたことなど美しい夢だったと自分を騙《だま》し、清居に熱愛報道が出れば血の涙を流しながらおめでとうございますと祝福し、上がり調子なときも下り坂のときも一心に声援を送り、遠く高い場所から降り注ぐ光に浴する幸せに感謝を捧げ、結婚をすれば奥さまやお子さまを含めた一家全員の幸せを祈り、清居の遺伝子が後世に受け継がれたことが尊くありがたい、という場所に自らを到達させる。それが究極のファン道というものだ。

――……………吐きそう。

過酷すぎる未来予想図にえずきが込み上げてきた。殉教者のごとき厳しい道のりに逆流する胃液をこらえる平良の横で、設楽がぽつりとつぶやいた。

「もしも熱愛報道が出ても、俺は安奈のファンとして祝福する」

言葉とは裏腹に、設楽の横顔は苦渋にまみれていた。

「安奈だけが俺の星なんだ。安奈がいてくれるから俺も生きていけるんだ。安奈は、自分がここに生きてると確認できる術《すべ》なんだ。違う。死んでないと確認できる術だ」

設楽の声から抑揚が消えていく。がりがりと削られる神経を平らかにするため、身に染みついた経を唱えるように、平坦に、平坦に、必死に動揺を抑え込んでいる。

ああ、ここにも殉教者がいる。わずかに励まされた気分になり、平良は目を閉じて胸の前で手を組んだ。そして自分にとっての避難場所であるアヒル隊長の教えを思い出した。

——なるべく心を平らかにすること。刺激に敏感にならないこと。

——汚れた人工の川を、くるんとした睫《まつげ》で流れていったアヒル隊長のようであれ。

無表情でぶつぶつつぶやく設楽と、目を閉じて祈るように手を組む平良の姿を見て、近くにいた高校生くらいの女の子が小さくつぶやいた。

「あいつら、めっちゃきもいんだけど」

わかっている。殉教者は常に迫害されるものなのだ。

憎らしい彼

美しく傲岸不遜《ごうがんふそん》なキング、と恋人に思われている清居《きよい》にも悩みはある。

仕事と恋愛。二十歳の若者としてはありがちだ。

なのに恋人は清居を神のように崇め奉る。

平良《ひら》と話していると、たまにこいつのほうが神なんじゃないかと思うときがある。人として共感できない部分が多すぎるのだ。一度平良の目線になってみたい。一体どんな世界が広がっているんだろう。頭のいかれた変質者を演じるときの参考になりそうだ。

「そもそも、俺はなにも高望みなんてしてないんだ。ただ普通につきあいたいだけだ。なのにあいつは気持ち悪すぎる。俺の理解の範疇《はんちゅう》を越えている」

同棲《どうせい》までしている恋人同士なのに、いつも必ず別れる前提で話を進める。清居と自分がつきあっていること自体神の采配ミスだと言う。だから神がミスに気づいて修正に乗り出せばつきあいは終わると言う。清居とつきあっている今が幸せすぎて、きっと一生分の運を使い果たしてしまっただろうから、自分はいつ死んでもおかしくないと結論づける。しかも清居を美術品や夜空に輝く星扱いして、はなから人間・清居の気持ちを考えようともしない。

「清居くん、そのノロケまだまだ続く？」

テーブルの向かいで、安奈《あんな》がランチのトマトパスタを食べながら聞いてくる。

「ノロケじゃなくて、俺は嫌がってるんだ」

「ううん、どう聞いてもバカップルのノロケにしか聞こえない」

あっさり返され、清居は限界まで眉根を寄せた。

安奈は同じ事務所の先輩後輩という以上に、役者仲間では唯一腹を割った話ができる相手だ。あまり人と馴《な》れ合わない清居だが、安奈のことは役者として尊敬している。

しかしノロケという言葉にはうなずけない。平良の気持ち悪さは、実際に接してみないとわからない。すごく愛されていることは疑いようもないが、行きすぎた愛情はすでに変質者の域で、方向性も激しく間違えている。自分の望みとまったくマッチしない。

「だいたい、『俺の親と清居はなんの関係もない』とか言うか？」

清居はあのときの怒りを蘇《よみがえ》らせた。平良の親に平良をいじめていると誤解され、彼氏の親にあらぬ誤解をされて気に病んでいる清居にあのバカが言ったことだ。

──俺の親と清居が関わることなんてこの先一生ない。

ゲイカップルなので親へのカミングアウトはきちんと話し合うべき問題だが、それすらすっ飛ばし『一生関わることはない』とはなにごとだ。激しくムカついた。平良なりに清居を気遣ったことはわかっているが、気遣いのしかたがずれている。

「まあねえ。本気で大好きな彼氏から親とは会わせないい的なこと言われたらへこむよね。未来がないように感じる」

本気で大好き——という少女漫画みたいな恥ずかしいワードは無視することに決めた。

「とにかく、あいつはネガティブが一回転したオレ様だ」

「別れたら？」

「ああ？」

「人の心の機微がわからないって大変だよ。努力で直せるもんじゃないし、清居くんなら他に選び放題でしょ。この業界ゲイ多いし、入間《いるま》さんとか清居くんのこと大好きだよ」

「入間さんは何度か会ったけど、ソフトすぎてあと一押しが足りなかった」

「帝テレの堤《つつみ》さんは？　強引で押せ押せタイプ」

「偉そうな男とは合わない。顔もイマイチ好みじゃない。ついでに足も短い」

「じゃあ加納《かのう》くんは？　モデルだし見た目パーフェクト」

「チャラいししゃべりすぎ。男は無口なくらいがいい」

「清居くんて、ほんと好みうるさいね」

「妥協してまでつきあう意味がわからない」

「じゃあ今の彼氏、そういうの全部クリアしてるんだ？」

鋭い問いに、はたと考え込んだ。言われてみれば、平良は一見清居に言いなりの子羊タイプだが、一皮剝《む》いたら意味不明なマイルール持ちの頑固なオレ様で、しかし偉そうではなく、外見もちゃんとしさえすれば芸能事務所の社長がスカウトするくらい恰好よく、無駄口は叩《たた》かず、チャラさとは対極に位置する男だ。条件だけでいえば清居の好みをクリアしている。

さらに言うと、他の男にはなく、平良だけが持っているものがある。

自分に対する偏執じみた愛情。

出会った当初は気持ち悪くてしかたなかったが、親の愛を充分受けて育ったとは言い難い清居にとって、どこまでも自分だけを見つめる平良の目は、遅効性の毒みたいにじわじわと全身を侵し、気づけばあの目なしではいられなくなっていた。幼い日に渇望したものを、平良だけが完璧な形で差し出してくる。他の男では物足りないと思うほど——。

「嫌なところと好きなところが密接にリンクしてる感じだ」

「あ、それは完璧に惚《ほ》れてる証拠。もうあきらめて降参するしかないかも」

清居は目を見開いた。降参？　この俺が？　平良に？

「でも清居くんはいいよ。なんだかんだラブラブで同棲までしてるんだから」

安奈は溜息まじりにパスタをぐるぐるフォークに巻きつけた。

「桐谷《きりや》とうまくいってないの？」

問うと、安奈はしーっと口元に人差し指を当てた。

安奈は清居がゲイの彼氏持ちだと知っているし、清居は安奈が人気絶頂のアイドルグループのひとりである桐谷恵介《けいすけ》とつきあっていることを知っている。これはお互いの秘密だ。

「最近忙しくて、電話やラインでしか話せない」

「しょうがないな。桐谷恵介と密会なんて抜かれたらファンに殺されるぞ」

「怖いこと言わないでよ。でも本当そう。桐谷くんの場合は特に『彼女』の存在がねえ」

安奈は食欲をなくしたように、巻きつけたパスタをフォークごと皿に戻した。

人気アイドルを多く抱える桐谷の事務所は恋愛に厳しい。年若いアイドルには恋愛そのものを禁止するし、二十代半ばを過ぎたアイドルでも、恋愛はよくても結婚は事務所の許可がないとできない。けれど桐谷は特殊な存在だった。

桐谷は人気がではじめたころ、地元に中学時代からつきあっている彼女がいることを週刊誌にすっぱ抜かれた。彼女と撮ったプリクラまで出回り、事務所が慌てて桐谷のイメージを純愛路線に切り替えた。当初はかなり叩かれたが、今では『初恋の彼女を大事にする一途な桐谷くん』としてファンから公認され、一般人の彼女は婚約者同然の扱いで尊重されている。

「けど、実は別れてんだろう?」

「だいぶ前にね。でも事務所は絶対公表しないし、彼女にも口止めしてる」

彼女の存在が桐谷自身のパブリックイメージとなっている現在、事務所の戦略としても別れました、そーですかとはいかないのだ。

「十年以上続く純愛カップルってイメージだったからな。将来は結婚するとファンは思ってたろうし、そこに安奈が割って入ったなんてもっと言えないよな」

おもしろがる清居に、安奈は顔をしかめた。

「人聞き悪いこと言わないでよ。あっちはわたしと出会う前にもう破局してたの」

「けどバレたら、絶対『略奪愛』って書かれるぞ」

「やめてほしい。ただでさえあたしヒールなイメージなのに」

安奈はやけくそみたいにパスタを口に入れようとしたが、パスタの先が跳ねてワンピースに赤い染みをつけた。やっちゃったーと慌てておしぼりで胸元を叩き出す。

普段の安奈はごく普通の二十代の女の子だ。しかし十代で初主演した映画がベルリンで賞を獲り、事務所が演技派の大型女優というイメージで売り出したせいか、ただぼんやりしていただけでも無視した、お高くとまっていると記事にされてしまう。

「まあ全方位うまくいくわけないよな。安奈は仕事順調だからトントンってことで」

「だね。桐谷くんのことは長期戦で構える」

「それがいい。俺は逆にもうちょい仕事踏ん張らないと」

「上り調子だって社長言ってたけど？」

「テレビはな。舞台は振られ続けてる」

「清居くん、今どき珍しく舞台好きだもんね。社長が嘆いてたよ。テレビにもっと力入れてくれたらこっちも推しやすいのにって。今は舞台優先でしか仕事入れてないでしょ？」

「一応学生だし、少ない時間の中で活動するなら舞台を選ぶってだけ。卒業したらもっといろいろ受けるよ。舞台にこだわりすぎて一生売れない役者すんのも嫌だし」

「そこらへん、バランス大事だね。旬を逃すと売れるものも売れなくなるし」

話していると、それぞれのマネージャーが呼びにきた。

「ふたりともそろそろ行こう。次は帝テレで、そのあとEテレね」

「夜まで延々続くのよね。あー、テレビ苦手」

「文句言わないの。あと七時間の辛抱だ」

マネージャーたちに急かされ、ふたりはのろのろと立ち上がった。

今まで映画に絞っていた安奈が、初めて連ドラのヒロインをやることになった。今夜はいよいよ初回放送日で、朝から準主役の清居と一緒に番宣でテレビ局行脚をしているのだ。

「清居くんも、ちゃんと笑ってね」

「笑ってるけど?」

「もっと笑うの。テレビはやりすぎなくらいニコニコしててちょうどいいから」

言いながら、マネージャーが店のドアを開けた。外には情報を聞きつけたファンが待っていて、駐車場へと歩く清居と安奈に応援や好意の声をかけてくる。

ドラマの放映を控えて、今日がテレビ局行脚だということを濃いファンは知っていて、事前に行動を見越して追いかけてくる。疲れているときは面倒だが、こういうのは人気のバロメーターでもある。安奈とふたり、ありがとうと笑顔で手を振り返す。

そんな中、ある人物を発見した。ファンから少し離れた後方に、帽子、マスク、サングラスの平良がいる。怪しさ満点なのは変わらないが、最近、平良の横にはいつも同じ男がいる。安奈のファンで工場の同僚でもあるらしい。人見知りな平良にしてはよく話をするようだが、笑顔のファンの中で、じっとこちらを見つめるだけの二人は異質なオーラを放っている。

「久しぶりに不審くんきてたね」

移動の車に乗り込むなり、清居のマネージャーが言った。

「不審くんって？」

「ああ、安奈は知らないか。清居くんの熱烈ファンの男の子で帽子・サングラス・マスクの不審者三種の神器をそろえてるから、事務所では不審くんてあだ名がついてるの」

「そういえば、なんか気持ち悪い人いたね」

うなずく安奈の横で、清居は腕組みで苦悶《くもん》の表情を浮かべた。

――そうだろう、気持ち悪いだろう、あれが俺の彼氏だ。

ゲイで彼氏がいることは安奈も知っているが、顔までは知らない。

「夏くらいから段々見ないようになって、どうしたんだろうって社長と話してたんだよね」

――野口《のぐち》さんとこでバイトはじめて忙しくなったんだよ。

夏休みが終わっても、平良は野口のアシスタントを続けている。平良の病んだ写真を気に入った上に、意味不明で陰気な性質も受け入れてくれる師匠に出会えたことは奇跡に近い。このまま野口に鍛えてもらい、ぜひプロのカメラマンコースに乗ってほしい。

だいたいあのネガティブ・オレ・サマ帝国皇帝である平良が、コミュニケーション能力や自己アピール能力必須な就活最前線を突破できるとは思えない。不毛な努力で身を削るより、平良は平良の才能を思う存分ふるえる場所で生きるべきだ。というかそこでしか生きられない気がする。それにプロカメラマンになったら、いつか一緒に仕事ができるかもしれない。

――いつか、平良が俺の写真集を撮ったりとか……。

「清居くん、なにニヤついてるの？」

安奈にのぞきこまれ、なんでもないと気を引き締めた。気持ち悪い男のことを考えていたから気持ち悪さが感染したのかもしれない。

「他に流れちゃったのかと思ったけど、不審くん、変わらず清居くんに見とれてたね」

マネージャーたちはまだ平良の話をしていて、後部座席で軽くうなずいた。

――当たり前だ。あいつは昔も今も俺一筋だ。

至高のキングだの夜空に輝く星だのと清居を讃え、以前など朝起きて寝室から出ようとしたらドアが開かなくて、なにごとだと強引に押し開けたら、工場の夜勤から帰った平良が寝室のドアにもたれる恰好で眠りこけていた。どうしてベッドで寝ないのだと聞いたら、ドア一枚隔てた場所で清居が眠る美しい世界を壊したくなかったと言われた。

なぜ朝っぱらから、そんな気持ち悪いポエムを聞かされなくてはいけないのだろう。

「安奈の熱烈ファンのお兄さんもきてたね」

「なんか不審くんと仲よさそうじゃなかった？」

「あの子たち、熱烈だけど行儀のいいファンの二大巨頭だよね」

マネージャーたちが笑うのを、清居はなんともいえない気持ちで聞いていた。

二大巨頭の片割れが彼氏であるとは、死んでも言えない。


清居には仕事を一緒にしたい舞台演出家が何人かいる。その筆頭が上田秀樹《うえだひでき》だ。普段からマメに舞台に顔を出し、なにかのときには声をかけてくださいと言っている。オーディションがあると聞けば、どんな端役でも挑戦している。そして落ち続けている。

「清居くんが駄目だった理由？　そんなのないよ」

その日、雑誌の撮影をしていたスタジオでたまたま上田と出くわし、思い切ってたずねてみた。上田はあっさりと言い、そして続けた。

「ただ、あの役をぜひやってほしい役者が他にいただけなんだ」

自分から聞いたくせに落ち込んだ。自分は『ぜひやってほしい』と望まれなかった。その差はどこにあるのだろうかと考えた。

『綺麗《きれい》な顔で綺麗な演技だった。悪くはないけど惹かれもしない』

以前ミニシアターに出たとき、そう評されたことがある。今回言われたことと根っこが似ている。良くも悪くも訴求力が弱い。それは役者として致命的なんじゃないだろうか。

「まだ二十歳なんだから、全然焦る必要ないよ」

仕事が終わったあと、事務所に戻る車中でマネージャーに慰められた。

「安奈は二十歳どころか十八歳でベルリン獲ったじゃん」

安奈の演技を目の当たりにするとわかる。女優として抜きん出た美人ではないが、役になりきる憑依型《ひょういがた》の演技で他を圧する。十代の初主演で汚れ役をした。みじめなシーンはよくここまでというくらいみじめに演《や》る。美を捨てきれるカメレオンタイプだ。

「役者はそれぞれ開花の時期が違うんだよ。あと咲く場所もね」

流れ的に、いつものアレがきそうな予感がした。

「よく手入れされた温室で繊細に咲く花もあれば、真夏の密林で咲き誇る花もある。安奈は映画のスクリーンが似合う花だし、清居くんは舞台よりテレビで咲く花じゃないかな」

やっぱりきたか。

「ドラマの視聴率もすごくいいし」

安奈と清居が準主役で出演している連ドラは、初回で今期最高の視聴率を取った。最初だけと揶揄《やゆ》する向きもあったが、第二回が放映されても数字は落ちずに上がった。

「安奈はもちろん、清居くんの評判もすごくいいよ。今までは知る人ぞ知るニューフェイスって感じだったけど、ドラマの影響ですごい勢いで一般に周知されてきてる。関係者の間でも評価高いし、あちこちのプロデューサーから次のドラマの話がきてる」

「受けてないよね？」

「わかってるって。舞台の予定が入ったらそっちを優先するよ」

「どーも」

なのに肝心の舞台の予定がない。清居が憧れる演出家の眼鏡にはかなわない。

事務所としては、そのことはまったく問題にしていない。稼げない舞台よりもテレビのほうで顔を売ってＣＭで儲けたいのが事務所側の本音で、一応清居の意思を尊重するという体を取りつつ、社長たちはテレビの仕事をコンスタントに取ってくる。

「まあ、自分の好きなものと向いてるものは必ずしも一致しないからね」

「ですね。でも『まだ二十歳』だし、そんな早くあきらめないよ」

「あ、これは一本取られた」

ははは一とマネージャーが笑う。まったく油断ならない。隙あらば清居のアンテナをテレビに向けさせようとする。とはいえ事務所の意向はわかるし、清居だって舞台俳優に固執しすぎて売りどきを逃すというヘマは犯したくない。

清居が芸能界に入ったのは、さびしかった子供時代がベースにある。大勢の注目を浴びる俳優は天職だと思えるし、これで食っていきたいと希望している。映画や舞台で実力を磨き、演技派としてたまにテレビに出る安奈コースが理想だが、今のところ外れっぱなしだ。

　今日はもう仕事は終わりで早く帰りたかったのに、社長からの呼び出しで事務所に戻ることになった。おはようございまーすとドアを開けると、社長たちが難しい顔で角突き合わせていた。会議用のテーブルにはファンレターが束になって置かれている。

「清居くん、悪いね。わざわざ事務所きてもらって」

「全然いいですよ。話ってなんですか」

「うん、まあこれを見てよ」

　渡された開封済みの手紙には、『淫乱女、清居くんに近づくな！』と細かい文字でびっしり書かれてあった。逆に『安奈に手を出したら殺す』というのもある。汚い悪意がへばりつきそうで、清居はそれを指先で摘むようにしてテーブルに戻した。

「お互いのファンから、お互い宛の嫌がらせの手紙だよ。番宣でふたり一緒に局回りしただろう。あのときくらいから、ネットでもファン同士の誹謗《ひぼう》中傷が急に増えてる」

「清居くん、予想以上に人気出てきましたからね。嬉《うれ》しい誤算だけど、こうなるなら番宣はもうひとり誰か間に入れるなりしとけばよかったですよ」

　スタッフが溜息をつく。人気と誹謗中傷は比例する。昔からよくあることだが、最近はタガの外れたファンも多いので事務所もピリピリしている。

「清居くん、こういうわけだから、当分は安奈と距離置いてね」

「無駄じゃないですか？　わざわざ嫌がらせの手紙送ったり、ネットに悪口書き込みする連中なんて、こっちがどんな対応をしようがいちゃもんつけてきますよ」

清居は肩をすくめ、どさりとソファに腰を下ろした。

「まあねえ。過激なファンは現実と虚構の区別がつかないから」

「応援してくれるのはありがたいけど、ファンに俺の行動を制限する権利はない」

冷たく言い放つと、事務所が一瞬しんとした。

「……いい、すごく」

社長がたまらないという感じに身をよじった。

「清居くんにはいつか血も涙もないヒール役をやらせたい。すごく似合うはず」

社長の言葉にスタッフもうなずき、「メンタル鬼すぎ」とか「というか鬼そのもの」と言い合っている。鬼で悪かったな。自分だって普通のファンには感謝しているし、まっとうな意見なら聞く耳もある。けれど理不尽な悪意に振り回されるのはごめんだ。

「いや、でもそれくらいでちょうどいいよ。今はＳＮＳのおかげでなんでもすぐバッシングにつながる時代だし、逆風の中でも自分を保てる強さは人気商売には必要だ」

マネージャーが言い、スタッフも真面目な顔でうなずく。とはいえ安奈にも関わる問題なので、清居もそのあたりは慎重になるということで話がまとまった。

「清居くん、このあと予定ないなら久しぶりだし夕飯でも行かない」

社長がスマホを取り出し、若いし焼肉かなーと店を選び出した。

「ありがとうございます。でも今日は用事があるんで」

「デート？」

「そんなとこです」

「同棲してるのに、さらにデート？」

「お互い忙しいんで」

「彼氏、大学生だよね？」

そう。大学、工場の夜勤、野口のアシスタントと三足のわらじを履く身だ。今日だって十時から夜勤にいく予定なので、今から帰っても数時間しか一緒にいられない。

「あ、じゃあ彼氏も呼ぶ？　みんなでご飯食べようよ」

嬉しそうな社長に、清居は懐疑的な目を向けた。

「もしかして、あいつをスカウトしようと思ってます？」

「いやいや、でもまあちょっとくらい興味ないかなあと思って」

「あいつはありません」

「そんなガード張り巡らさなくてもいいじゃないか」

「ガードなんてしてないし」

「またたー。ベタ惚れだって顔に書いてあるよ」

「誰があんなきもう――」

途中ではっと口を閉じた。

「『きもう』？」

「なんでもありません。じゃあ急いでるんで」

さっさと出口に向かう清居の背に、社長やスタッフの声が聞こえてくる。

「社長、清居くんの彼氏ってすっごいイケメンなんですよね？」

「そうなんだよ。最近では珍しい陰のあるタイプ。前に役者やってみる気ないかなってちょっと名刺渡したときも、もう清居くんが妬《や》いて妬いて大変だったんだよ」

「え、あの鬼メンタルでオレ様の清居くんが嫉妬？」

スタッフのどよめく声が聞こえ、よっぽど戻って訂正しようかと思ったが、余計にドツボにはまりそうなのでやめた。抗議代わりに勢いよくドアを閉めた。

あんなきもうざに誰が嫉妬なんかするか。だいたい惚れているのは向こうだぞ。いらいらと腕時計を見ると五時を回っていた。いけない。のろのろしていると平良と過ごす時間がなくなってしまう。人目よけのサングラスをかけ、清居は駅へとダッシュした。

帰宅すると、なぜか玄関で出かけようとしている平良と鉢合わせた。

「あ、おかえり。清居」

「ただいま。どこいくんだ？」

「野口さんとこ。香田《こうだ》さんが急用入ったから、代わりに機材を用意してほしいって」

なんだと。じゃあ、なんのために自分は急いで帰ってきたのか。しかしそう言えない。

「じゃあ早く届けてこい。おまえが帰ってくるまで夕飯待ってるから」

「いいよ。現場が千葉《ちば》だから、もうそのまま夜勤に入る」

それだと自分と過ごす時間がないじゃないか。しかしやはりそう言えない。

「仕事ならしかたないな。明日の予定は？」

「二限からだから少しゆっくりできるかな。大学終わったら野口さんとこにいって、遅くても九時くらいには帰ってこられると思う。清居は？」

「明日はドラマの撮影。夜のシーンだから帰るの明け方になるかも」

つまり、またもやすれ違いだ。内心で肩が落ちた。

「じゃあ清居、せめて明日の朝ごはん一緒に食べようよ」

「いいよ、無理すんな。徹夜明けになるんだから、大学行くまで少しでも寝ろ」

そう言いつつ、拗《す》ねた口調になってしまったことが悔しい。

「大丈夫だよ。睡眠より清居とご飯食べたい。あ、清居が嫌じゃなかったら」

「……まあ別に、食ってやってもいいけど」

「ありがとう。なにか食べたいものある？　帰りに材料買ってくる」

嬉しそうな表情に、波立っていた気持ちがようやく凪《な》いでくる。

「じゃあ白い飯と鮭《さけ》の焼いたの、じゃがいも以外の味噌汁」

「わかった」

こくこくうなずく様子に、完全に機嫌が上向いた。自分から平良の首に腕を回してキスをする。唇を離すと、平良の顔はアイスクリームのように蕩《とろ》けていた。

「帰ってきたら起こせよ」

「いいよ、ゆっくり寝てて」

「うるさい。俺が起こせと言ったら起こせ」

半分眠ったまま好きな男にキスをされたり、抱きしめられたり、そのまま事に至るのは最高だ。想像しながら、もう一度くちづけた。玄関で靴を履いたままいちゃついていると名残惜しさが増してくる。明日の朝までなんて待てない。このままここでしたい。

「……清居、ごめん、そろそろいくね」

平良が申し訳なさそうに言う。仕事なのだからしかたない。なのに離れがたくて、あと少しだけと、ださいシャツの肩に頰をこすりつけた。

「どうしたの？」

「なにが？」

「いつもとちょっと違うから」

「……そんなことないけど」

別になんでもない。昼間、上田に言われた言葉が頭にこびりついているのだとか、ひいては憧れている演出家の皿からつまみ出された食材みたいな気分なのだとか、ガラにもなく少し甘やかされたい気分なのだとか、そんなことは一切ない。

「ちょっと仕事でいろいろあった」

言ったあと後悔した。具体的なことは言わず、ただなんとなく落ち込んでいることを伝える言い方をしてしまった。半端なことをした自分が恥ずかしくて身体を離した。

「仕事なんだろう。さっさといけよ」

みっともないことをした反動で、冷たい言い方になってしまった。平良は真顔で固まっている。自分への慰めの言葉を考えているのだろう。人に弱みを見せるのは嫌いなので、そういうものはいらない。しかしどうしてもというなら聞いてやろう。

「じゃあ、いってきます」

しかし、平良はくるりと清居に背中を向けた。ん？

「ちょっと待て」

思わず引き止めてしまい、平良が振り返った。

「なに？」

「なにって、なにか俺に言うことはないのか」

「……言うこと」

平良が真顔で繰り返す。おいおい、じゃあおまえはフリーズ中なにを考えていたんだ。口下手なのは知っているから、言葉が無理ならただ抱きしめるだけでもいいだろう。頭をなでるという手もある。言っておくが、清居奏《そう》の頭をなでる権利を持っているのは平良のみだ。

――さあ、なんでもいいから俺を甘やかせ。

腕組みで待ち構えていると、平良がようやく口を開いた。

「言うことは、特にない」

――は？

時間が止まったのかと思った。

「はい？」

「言うことは、特にない、です」

もう一度繰り返され、抑えろ抑えろと思っても眉が吊り上がっていく。

「なんで？」

問う声が低くなる。

「なんで、なにも、ないんだ？」

一語一語区切って問う。不穏な気配を察した平良が一歩引き下がる。

「お、俺は清居の気持ちを推し量ったりしない」

「だから、なんで？」

さらに詰め寄ると、広くはない玄関で平良の背中は壁にくっついた。

「だ、だ、だって清居はなにも言ってないのに、清居はこう思っているだろう、こう感じているだろうって勝手に清居の心を推量することは、き、清居を自分の目の高さにまで引き下げることだ。俺は城田《しろた》たちのような愚はけっして犯さない」

城田って誰だよと一瞬思ったが、高校の同級生だった。清居を妬み、くだらないやっかみの対象にし、出場したボーイズコンテストで清居が入賞を逃したときは、悔しいだろう、落ち込んでいるだろうと慰めるフリで貶《おとし》めてきた。まったくもってゴミカスな連中だった。

「そ、そういうことだから」

そういうことってどういうことだと問う前に、

「じゃあ、いってきます」

平良は主人に仕える下僕さながら、礼儀正しく頭を下げ慌てて出ていった。

玄関にひとり取り残され、清居は呆然《ぼうぜん》とした。

なんだ、今のは。清居を崇め奉っているように聞こえるが、結果としては、おまえの気持ちなど知らんというニュースタイルの関白宣言みたいになっていた。

——関白宣言？　平良の分際で？　この俺に？

抑えつけていた怒りがみるみる拡散していき、この野郎と玄関ドアに叩きつけるように靴を脱ぎ捨てた。大股でリビングに行くと、テーブルに夕飯が用意してあった。清居の好物のエビコロッケだ。同棲するようになって、平良はめきめきと料理の腕を上げている。清居はラップをはがし、立ったまま手づかみでコロッケをむしゃむしゃ食べた。

なにが言うことは特にない、だ。勝手に気持ちを読まれるのは確かに嫌だし、それでお節介を焼いてくる無神経な人間はもっと嫌いだが、彼氏は別枠だろう。

——平良のきもうざめ、斜め上の気遣いをしてないで、もっと普通に俺の気持ちを推し量れよ。慰めろよ。抱きしめろよ。頭をなでながら「今日はバイト休もうか？」と聞いてこい。そしたらこっちは「俺のことはいいから、さっさといってこい」と気持ちよく言える。あいつは「じゃあ、行ってくる」と心配そうに背を向け、しかし振り返り、「なるべく早く帰ってくるよ」と頰にキスをする……みたいな流れがあってもいいんじゃないのか？　それを、なにが城田のような愚は犯さないだ。おまえと城田は違うだろう。おまえは彼氏だろう。いつまでも底辺同級生域に引っ込んでないで、彼氏域に入ってこい！

罵倒《ばとう》とともに最後の一口を飲み込み、我に返った。しまった。いつの間にかエビコロッケを四つも食べていた。ドラマの撮影中は絶対太れないのに。平良めと舌打ちした。

急いでダンベルを持ち上げて筋トレをはじめた。うっすら汗をかき、終わったらすぐ風呂に入れるよう給湯ボタンを押す。一時間ほどみっちりトレーニングをし、汗だくになって風呂にいった。湯船にリラックス効果のある入浴剤を放り込み、ゆっくりと肩まで浸かる。

ああ、気持ちいい。息を吐いて目を閉じると怒りは鎮まり、入れ替わるように虚しさが湧《わ》いてきた。なぜ自分は風呂なんかに癒されているのだろう。今日は社長の誘いを断って、急いで帰ってきたのに。本当なら今ごろ平良と夕飯を食べていたはずなのに。

そういえば、平良は急な仕事が入ったことを謝っただろうか。先ほどの会話を巻き戻してみたが、どうも謝っていないことが発覚し愕然《がくぜん》とした。なんという関白ぶり。清居は湯船から上がり、素っ裸で脱衣所に置いてあるスマホを取って平良に電話をかけた。

「もしもし俺だ。聞きたいことがある。今いいか」

『うん、駅のホームだから。なに？』

「おまえ、今日、急な仕事で夕飯を一緒に食べる予定を変更したな」

『うん』

「なんでそのことを俺に謝らなかった」

『え、なんで俺がそんなことを謝らなくちゃいけないの？』

逆に責めるような口調に、清居は首をかしげた。

『急な仕事が入ってごめんなんて、清居が俺と一緒にご飯を食べるのを楽しみにしていることを前提とした謝罪じゃないか。そんな思い上がったことはできない』

盲点を突かれた気分だった。一体どうしたらそんな考え方ができるのか。そして結果としてまたもや、おまえには謝らんというニュースタイルの関白宣言になっている。

『……あ、でも、もしかして、そうだった？』

おそるおそるという問いに、びしっとプライドにひびが入った。

「そんなわけあるか。平良のくせに調子にのるな！」

ぶちっと通話を切り、電源ごとオフにして風呂に戻った。

湯があふれる勢いでバスタブに浸かると、浴槽の縁に置いていたアヒル隊長のバスグッズが一緒に流されて落ちた。引越しの日に清居が平良にやったものだ。くるんとした睫《まつげ》がムカつくアヒル隊長を拾い上げ、くそ、くそ、平良のくせにと腹いせに湯船に沈めてやった。

――ざまあみろ。俺はもっと傷ついたんだからな。

しかし無邪気な顔で湯船に沈んでいるアヒル隊長が平良の笑顔に重なり、途中で手を離してやった。黄色いビニール人形はすぐに浮き上がってくる。横倒しになっているアヒル隊長をつまみ、湯にちゃんと置いてやる。のんきにぷかぷか浮いている人形をじっと見た。

平良にはたまたま目についたとか、万札を崩したかったからと言ったが、本当はちゃんと選んで買ったのだ。それまでの流れに任せた同棲じゃなく、恋人として正式に一緒に暮らそうと決めた同棲がはじまるのが嬉しくて、記念になにか買ってやりたかった。

平良にとって、このアヒルはとても大切なものらしいので――。

ぼんやり考えていると、天井から落ちてきた水滴につむじを叩かれて我に返った。ああ、くそ、自分が気持ち悪すぎて舌打ちをした。

昔から冷たいと言われ、今では鬼メンタルと言われるようになった。不特定多数からのいじめも、嫌がらせの手紙も鼻をかんで捨てられるくらいには心が強い。なのに――。

平良のことになると、精神が豆腐のようにぐずぐずになる。

どうして自分はあんなやつが好きなんだろう。

死ぬほど好かれているのに、同棲までしているのに、全然満足できない。ハンバーグが食べたいのに寿司を出され、腹はいっぱいなのにコレジャナイ感が募る。自分は我慢が得意なほうじゃない。この先もずっとこうだとしたら、近く平良を嫌になる日がくるんだろうか。

そうなれたら楽だろうけれど、やっぱり嫌だ。

あんなきもい男だが、自分は平良と一緒にいたい。

一緒にいたい。いたい。いたい。

「…………自分が痛い」

本当にうんざりして、ぶくぶくと湯船に沈み込んだ。

午後から放映中のドラマのクランクアップに合わせ、安奈におつかれさまの花束を渡しにロケ現場に向かった。今期の視聴率トップのドラマとしてマスコミも取材にくる予定で、一足先に撮りを終えていたメインキャストが勢ぞろいする。

「山岸《やまぎし》くんが間に入るから、清居くんは安奈の隣には立たないようにね」

「全方位に笑いかけつつ、安奈には笑いかけないこと」

現場に向かう車中で、マネージャーと社長がしつこいほど念を押してくる。お互いのファンを刺激しないようにという配慮はわかるが面倒くさすぎる。適当に聞き流していると社長のスマホが鳴った。画面を見て「うわ、週刊誌」と社長は眉をひそめた。

『はいもしもし。ああ週刊四季《しき》さん、ご無沙汰してます。その節はどうも。今日はまたなんですか。うちの子はみんなお行儀がいいから……え、熱愛？　誰の……安奈っ？』

社長がまさかという目で清居を見る。慌てて自分じゃないと首を横に振った。社長が真剣な顔ではい、はいとうなずいている。その顔がみるみる青ざめていく。

「……相手は桐谷恵介？」

社長がうめくようにつぶやき、マネージャーもぎょっとした。

「ちょ、ちょっと待って。今からそっちいくから話をしましょう。そっちの条件はなに。できる限り飲む方向でいくから記事の差し替えを、え、そんな、ちょっと待って！」

一方的に電話を切られ、社長の顔はもう蒼白《そうはく》だ。

「社長、安奈と桐谷恵介の熱愛ってどういうことですか。今の電話なんなんです」

「週刊四季の編集長からで、安奈と桐谷くんの熱愛をスクープしたって」

「安奈、桐谷くんとつきあってたんですか？」

「僕はなにも聞いてない。でも四季がスクープしたんなら事実なんだろうよ」

今年編集長が変わってからスクープを連発している週刊誌で、用意周到さと強引なやり方で業界は戦々恐々としている。四季に狙われたら、まず逃げられない。さっきのやり取りから察するに、記事の差し替えも突っぱねられたのだろう。社長はすぐ安奈のマネージャーに電話をかけ、今日のマスコミ取材に安奈は欠席と指示をした。

「理由？　体調不良とでも言っといて。とにかく安奈をマスコミの前に出すな！」

普段温厚な社長が声を荒らげ、これは大変なことになったと清居は顔をしかめた。


翌日発売された週刊四季の反響は、予想を遥かに超えたすごいものになった。

隠し撮りされた写真は、安奈と桐谷が果樹園のようなところで笑っているものだった。絵面としてはほのぼのしているが、ふたりが撮られた場所は桐谷の実家が経営している葡萄《ぶどう》農園らしく、ホテル密会どころではない決定的な写真に頭を抱えたくなった。

記事自体もひどかった。独身の男女の恋愛なのに、表紙には大きく『わがまま女王さまの略奪愛』という見出しがつけられ、安奈だけが一方的な悪者に仕立て上げられている。仕事で共演した桐谷に安奈が熱を上げ、桐谷は女王さまの勢いに押されていると。

——これは桐谷のファンが荒れるだろうな。

午後になって、双方の事務所が四季の記事を否定する文書をファックスで出したが、決定的な写真の前にはなんの火消しにもならず、ネットでは安奈叩きが一気に高まった。

桐谷は人気絶頂のアイドルグループのメンバーである上に、中学からつきあっている婚約者同然の彼女がいる。実際は別れているのだが、そうとは知らない桐谷の古参ファンはみな彼女の擁護に回り、わがままイメージがついている安奈への中傷はすさまじかった。

《桐谷くんと麻理《まり》ちゃんに横入りすんな、ドブス！》

《婚約者がいる男の人に手を出すって、不倫と一緒じゃない？》

《実家に連れて行ったってことは、麻里ちゃん捨てて安奈と結婚するつもり？》

《今までの誠実キャラはなんだったの？　もう桐谷くんのファンでいられない》

《安奈の顔見たくない。金輪際テレビに出すな》

もちろん冷静な意見もあったし、安奈のファンからの擁護もあった。けれど国民的アイドルグループのファンというものは、すでに個を超えた集であり、ひとつの巨大な渦だ。抗《あらが》うものを飲み込みながら急速にふくらみ、回転しながら対象を押し潰《つぶ》していく。

桐谷の事務所は大手なのでマスコミは桐谷の叩き記事は書けず、テレビのコメンテーターは世間の意見に敏感に迎合し、しわ寄せはすべて安奈にくる。誰かもわからない関係者談で作り上げられたワガママ女王さまの略奪愛というイメージが加速し拡大していく。

悪意の輪に完全包囲され、安奈は四六時中マスコミに追いかけ回されることになった。自宅マンションにも帰れず、都内のホテルを転々とせざるをえなくなった。

「せめて桐谷くんとつきあってること打ち明けてくれてれば、事務所としても事前に立ち回れたんだけど、寝耳に水のスキャンダルだろう。対応が後手になって社長も頭抱えてるよ」

仕事のあと、車でマネージャーに送られながら話を聞いた。

「安奈、今、どんな感じ？」

「最悪だよ。桐谷くんの一部過激なファンが組織立って動いてて、安奈が出演してるＣＭや撮り真っ最中の今村《いまむら》監督のとこにも安奈を降ろせって苦情が入ってる」

「どうなるの？」

「映画のほうは今村監督が『アホらしい』って突っぱねてくれた」

「さすが。安奈を見出してベルリン獲らせた育ての親」

「でもテレビはやばいよ。局だけじゃなくてスポンサー企業にもクレーム入れられてて、テレビはスポンサーの意向には絶対逆らえないし、このままだとテレビは干される」

「安奈はテレビタレントじゃないから致命的じゃないだろ？」

「でもＣＭが打ち切りになったら、何千万単位の違約金が発生する」

金額のでかさにさすがに眉根が寄った。

「なんでだよ。納得いかない。独身同士が恋愛しただけで、なんでここまで叩かれるんだ。安奈を叩いてるやつは、みんな初恋の相手と結婚してんのかって話だよ」

いらいらして吐き捨てた。

「ファン心理ってのは諸刃の剣だね。熱心に応援してた気持ちが、そのまま尖《とが》って誰かを刺すナイフに変わる人もいる。そこまでじゃなくても、やっぱりみんな芸能人には夢を見ちゃうんだ。恋愛漫画も恋愛小説もみんなそう。無意識に自分の理想を押しつけて、そこからはみ出すものに不快を感じる。個人の感情が、今はＳＮＳを通して拡散されていく」

「勝手に夢見て、勝手にがっかりされて憎まれるのか」

「多かれ少なかれ、人気商売はそういう苦しさとセットだよ」

やんわりとだが、覚悟してほしいという含みを感じた。

「ファンに夢を見せつつ、自分の人生も大事にする。そういうバランス感覚と心の強さが有名人には求められるけど、今の安奈はかなり危ない。俺たちもなんとかしたいけど、正直、打つ手がない。身内がそばにいればいいんだけど、安奈は家族を早くに亡くしてるから」

こういうとき頼れる肉親がいないのはつらい。騒ぎが起きてから、安奈とは一度だけ電話で話した。大丈夫、心配してくれてありがとうと言っていた。けれどそのあとから電話も通じなくなったし、ラインにも既読がつかない。電源ごと落としているのだろうか。

「安奈のスマホは社長があずかってて、安奈には特定番号しかつながらないガラケー渡してるんだよ。ネット見るなって言っても、つい見ちゃうからね。もうひどいもんだよ。あちこちの掲示板で叩かれまくって、安奈のブログのコメントは一万件超えてて七割が罵倒」

「匿名で悪口書く行為を恥だと思ってないんだな。どんな卑しい連中だ」

そいつらの人生はゴミ以下だと、ふんと鼻息で吹き飛ばしてやった。

「安奈が清居くんくらい鬼メンタルならねえ。まあ叩き行為なんてたいがいはすぐ飽きちゃうんだけど、本当に悪質なのも数人いる。あちこちの掲示板で安奈叩きを扇動してる。書き込みの内容が粘着質で、妙に怖い感じだから弁護士に相談してる最中なんだけど」

「ねえ、安奈のホテルどこ？」

「トップシークレット」

「ちょっとだけ話させてよ。このまま隔離して鬱になったらどうすんの」

鬱という言葉にマネージャーが顔をしかめた。

「もしかして、もうそんな感じ？」

「ここだけの話、安奈、食欲もないし夜もあんまり眠れないから安定剤を出してもらってるんだ。世界中がナイフ持って自分を取り囲んでるって医者に言ったらしいよ」

「やばいじゃん」

「僕も社長もそう思ってるよ」

ちょっと待ってと、マネージャーは社長に電話をしてくれた。


翌日、マネージャーに教えてもらったホテルの部屋を訪ねると、げっそりとやせた安奈が出てきて驚いた。目はどんよりと濁って力がない。すっぴんの肌にもツヤがない。

「ルームサービス取れよ。なんでもいいからなにか食え」

「喉通らないから」

安奈はソファに腰かけ、力なく首を横に振った。今村監督の映画を撮り終え、現在は強制的な休業状態に追い込まれている。この状態では休んだほうがいいと思えた。

「ごめんね、せっかくきてくれたのに。こんなんで」

「黙れ。こんなときに余計な気を遣うな」

「黙れって」

清居くんらしい、と安奈が小さく笑ったのでほっとした。

「あれから桐谷としゃべれた？」

安奈はうつむいたまま、また首を横に振った。

「スマホ、社長にあずけたままだから」

「返してもらえよ」

「いい。持ってるとついネット見ちゃうし」

「けどスマホなかったら桐谷と連絡取れないだろ」

「あっても取れないよ。今、向こう二十四時間態勢でマネージャーが貼りついてる。向こうの事務所すごく怒ってるみたい。あたしとは絶対に別れさせるって」

若手のトップ女優と人気絶頂のアイドルグループのひとり。釣り合いも取れているし、普通ならそれほど目くじらをたてることではないけれど——。

「桐谷くん、結婚雑誌や家電のCMやってるしね。清潔感があって一途なイメージに、ヒールなあたしとじゃイメージ真逆でしょ。それも長年付き合ってる彼女を捨てて」

安奈はヒールじゃないし、桐谷はすでに彼女と別れているので略奪でもない。けれど虚構を売るテレビ業界はイメージが全てだ。二人の恋愛は事務所やスポンサーの利益が絡まって、もはや二人だけの問題だけではなくなってしまった。

「一度だけ『信じて待っててほしい』ってメールがきたけど」

安奈はほとほと疲れたようにうなだれた。

「理解できない。現実に会ったら絶対に言えないようなひどいことでも、ネット越しで有名人相手なら簡単に言う。死ねとか、消えろとか、オワコンとか。卑怯《ひきょう》すぎるだろ」

その夜、帰ってから平良相手に怒りをぶちまけた。

「どうして安奈さんだけ悪く言われるんだろう。相手の男、昨日テレビに出てたよ」

「大手事務所所属の人気絶頂のアイドルグループだからな。単純にファンの数だけでも桁《けた》違いだし、事務所同士のパワーゲームでも完全に負けてる」

「ふたりの恋愛にはなんの関係もないね」

「そう、関係ないやつが外野から石を投げて安奈は瀕死《ひんし》だ」

清居はいらいらと平良が生地から作ったピザをかじった。アンチョビの塩気がうまい。平良の料理の腕は天井知らずに上がってきている。そのうちケーキまで焼きそうで怖い。

「安奈さん、そんなにひどい様子なの？」

「想像してみろ。恋愛も仕事もいっぺんに失いかけてんだぞ。おまえでいうと大学退学になって、工場も野口さんのバイトもクビになって、俺と別れる瀬戸際って状況だ」

「いっそ殺してほしい」

「安奈は好感度で売ってるマルチタレントじゃないし、騒ぎが落ち着いたら仕事は戻るだろうけど、恋愛のほうはもう駄目だな。いくらなんでも一回くらい会いにこいよ。こんな状態でひとりでホテル暮らしが続いたら、安奈がもたないかもしれないぞ」

「しばらく、うちにきてもらうとかは？」

「無理だな。少し前から、俺のファンが安奈に『清居くんに近づくな』『殺す』って脅迫文送ってきてる。今の騒ぎが起きる前は、俺のほうにも安奈のファンから似たような嫌がらせがいろいろきてた。『ぶち殺す』とか『刺す』とか」

瞬間、平良の目がすうっと温度を下げた。

「清居に危害を加えようとするやつは、その前に俺が殺す」

普段ぼそぼそ話す平良が、珍しくはっきりと言い切った。

長めの前髪からのぞく目が、刃物のように光った気がして鳥肌が立った。こいつは本当にやるかもしれない。高校時代、清居を理不尽に貶めた同級生に殴りかかったように——。やめろと諫《いさ》めるべき場面なのに、危険なまでの彼氏力に喜びが湧き上がった。

「大丈夫だ。見えない場所から匿名で脅迫文送ってくるやつなんて、リアルじゃなにもできないヘタレだって相場が決まってる。俺はなにも気にしない」

鼻で笑い飛ばしたあと、ソファの上を移動して平良に近づいた。平良の夜勤もなく、今夜は久しぶりにゆっくり過ごせる。しかも奇跡的に平良が恰好いい。

「……なあ」

キスをせがもうと顔を寄せていくと、

「ちょっとごめんね」

平良がソファから立ち上がり、盛り上がった気持ちがすかっと空を切った。

「どこいくんだ」

「ちょっと」

平良はさっさとリビングを出ていく。こんなときにトイレか。せっかくいい雰囲気だったのに少しは空気を読めよ。今のはどう考えてもキスの流れだったろう、どんだけ彼氏力の低いやつだとピザをやけ食いしていると、廊下からぼそぼそと話し声が聞こえてきた。

『うん、そう。しばらく落ち着くまででいいんだ』

ドア越しに聞き耳を立てた。誰と話してるんだろう。

『うん、大事な友達なんだ。え、友達いたのってひどいね』

珍しく平良が笑っている。そうっとドアを開けると、平良がこちらに気づいた。

『本当にありがとう。じゃあ相談してまた電話するよ。はい、智也《ともや》によろしく』

——智也？　誰だ。なに呼び捨てしてんだ。そんなに仲のいい男がいたのか？

むっと覗《のぞ》き見をしていると、平良が通話を切ってこちらにやってきた。

「智也って誰だ」

「甥《おい》っ子だよ。こないだまで住んでた叔母さんちの孫」

「ああ、浮気性の旦那と別居して出戻ってきたおまえの従姉妹《いとこ》の息子か」

「うん、その菜穂《なほ》ちゃんに電話してた。叔母さんの家に安奈さんを避難させてほしいって。安奈さんとは全然縁のない一般人の家だから、マスコミにもバレにくいと思うんだ。安奈さんや事務所の社長さんがいいって言ったらの話だけど、菜穂ちゃんはＯＫしてくれたよ」

「安奈の名前出したのか？」

「言わないと話が進まないし」

清居は額に手を当てたくなった。

「おまえの気持ちはありがたい。けど安奈の件はトップシークレットなんだ。おまえの身内を信用しないわけじゃないけど、今のとこ注目度ナンバーワントピックスだし、万が一にも知り合いに安奈のこと洩らされたりしたら困る」

「大丈夫、菜穂ちゃんは絶対に言わない」

「そんなんわかるか」

「だって菜穂ちゃんの旦那さんっていうのが……」

平良が口にしたのは、政治にうとい清居でも知っている元総理の息子で、現在政界のプリンスと異名をとる国会議員の名前だった。まじかと目を見開いた。

「つまり菜穂ちゃん自身もマスコミを警戒してる人なんだ。旦那さんも選挙控えて別居に関しては報道機関に圧力かけてるし、だからあの家にはマスコミは手出しできない」

「隠れるには最高だな。政治家の嫁なら口が固いのは折り紙つきだろうし」

これ以上の避難場所はなく、でかしたと平良に抱きついた。

「コミュ障のおまえにしては、これ以上ない最高最速の段取りだ」

「俺は清居の役に立てるだけで死ぬほど嬉しいよ」

嬉しそうに抱きしめ返され、恋愛メーターがぐうっと上がっていく。

ああ、やばい。平良は普段は本当にクソださいし、気持ち悪いし、理解不能だ。でもここぞというときは必ず助けてくれる。自分が舞台の稽古場を探していたときも、素早く叔母の家を借りるよう手配し、同棲続行にあたってアルバイトもさっさと決めてきた。普段のギャップも手伝い、現金にもこれほど彼氏力の高い男はいないとすら思ってしまう。今すぐキスしたい。ベッドにいきたい。めちゃくちゃいやらしいことをしまくりたい。最高潮に高まった気持ちのまま唇を寄せていくと、

「どんなときでも、俺は清居の一番のファンでありたい」

「…………ん？」

命中する寸前、急カーブで的を外した言葉に冷静さが戻った。

「今、なんて？」

「真実の清居のファンなら、清居が大事にする安奈さんを同じように大事にするべきだ。たとえ熱愛が発覚しようと、金屏風《きんびょうぶ》の前で結婚報告をされようと、結婚式でラブソングを熱唱されようと、脅迫なんて以ての外、血の涙を流してでも祝福するのが真のファンだと思う」

よく意味がわからなかった。

「おまえ、俺が熱愛発覚してもお祝いするのか？」

平良は苦しそうに眉をひそめ、しかしこくりとうなずいた。

「で、俺がどっかの誰かと結婚してもお祝いするのか?」

平良はさらに苦悶《くもん》の表情を浮かべ、しかし、やはりこくりとうなずいた。

最高潮に達した気持ちが急下降して谷底にめり込んだ。どうしてそうなるんだ。こいつの頭を輪切りにして脳味噌をスキャンしたい。それか今すぐタコ殴りにしたい。いや、短気を起こすな。平良がおかしいのは今にはじまったことじゃない。今夜は久しぶりに一緒に過ごせる夜だ。死ぬほど不本意だが、ここはひとつ自分が大人になってやろう。

「それは、彼氏として、どうなのかな?」

幼児番組のお兄さんみたいな、教え諭し導く問い方になってしまった。清居にできる限界ギリギリの優しさだったが、平良の答えは斜め上にかっ飛んでいた。

「彼氏じゃなくなっても、ファンとスターという関係だけは死守したい」

誰がそんなことを聞いたかと、膝から崩れ落ちそうになった。というか、なぜいつもいつも別れることを前提に話をするのか。自分は誰よりも平良に愛されている自信があるが、平良の確信に満ちた言葉や表情を前にすると、その自信がぐらりと揺れる。

「おまえ、俺のこと好き?」

「好きだよ」

「どれくらい?」

予想外の質問だったらしく、平良はまばたきをした。それから空中で両手を大きく回す。

「それっぽっちかよ」

「え、あ、違う。ちょっと待って」

平良は焦って玄関へと駆け出し、両手を広げたままリビングへと走っていく。またすぐに両手を広げたまま戻ってきて、これくらいと主人の機嫌をうかがう犬みたいな顔をする。

「結局、マンションサイズか」

ふっと吐き捨てると、平良は真顔になり、少し時間をくださいと敬語で言った。ふたたび玄関へいき、スニーカーに足を突っ込もうとする。マンションサイズと言われたので、外に出ていこうとしているのだ。くそっと大股で追いついて平良の首根っこをつかんだ。

「もういい、わかった」

「わ、わかってないよ。俺の清居への気持ちは――」

平良は情けない顔で振り向いた。くそっと清居は舌打ちした。証明しようのないものを証明させようとした、余裕のない自分に対して腹が立ってきた。

「わかってる。おまえは俺をちゃんと好きだ」

その内情が恋人なのかファンなのかわからないだけで、平良は自分をこの上なく大事にしてくれている。呼び方にさえこだわらなければいいのだ。呼び方にさえ――。

「おまえにとって、ファンと恋人の違いはなんだ」

最後にこれだけはと確認すると、平良はえっと目を見開いた。

「か、考えたことがない」

「なんで？」

「芸能人でも一般人でも、清居しか好きになったことがないから」

比べるものがないゆえ、今の異常さに気づけないのか。かと言って比較対象を作られるのは許せない。ということは、ずっとこれが続くのかと暗澹《あんたん》たる気持ちになった。

「おまえ、たまには男の本能が勝ったりしないのか」

「どういうこと？」

「俺がドラマや映画でラブシーン演じて、仕事だとわかっててもカーッと怒りが湧くとか。その夜は俺が泣こうが喚こうが担ぎ上げて無理やりベッドに押し倒し、嫌がる俺をめちゃくちゃに抱いたり、ちょっと人には言えないプレイとかしたくならないのか」

「俺がそんなことをしたときは、迷わず射殺してほしい」

だよな…………と清居はしかめっ面でうなだれた。そもそも自分だって偉そうな男は大嫌いだ。無理やり抱こうなんてしてきたら、言われずとも殺す勢いで蹴りまくる。

しかし平良は従順すぎるのだ。その反動で、つい雄になった平良に支配されたいと思ってしまう。きてほしいところで下がり、下がるべきところでニュースタイルな関白宣言をかましてくる。こんなひどい恋人がいてもいいものだろうか。

　翌週、平良の叔母宅へのプチ引越しが行われた。社長たちも安奈の環境をなんとかしなくてはいけないと思っていて、そこに見つかった避難先が政界のプリンスの嫁の実家。マスコミ対策も万全ということで、諸手を挙げて賛成してくれたのだ。

『清居くんの彼氏、イケメンな上にすごい家柄なんだね』

と驚かれたが、清居も初めて知ったので答えようがなかった。しかし以前に一度会った母親は上品な美人だったし、平良自身も相当な変人だが下品さは一切ない男だ。

「いらっしゃい、待ってたのよ。客間と二階のお部屋を空けてあるから」

　平良の従姉妹は感じのいい笑顔で出迎えてくれた。

　恋人の身内だと思うと柄にもなく緊張し、清居も礼儀正しい青年風笑顔で頭を下げた。

「初めまして、清居奏です。しばらくお世話になります」

「カズくんの従姉妹の菜穂です。遠慮せずにくつろいでね」

　芸能人に対する大げさな反応もなく、常識的な対応に好感を持った。

「こっちは息子の智也です。智也、ご挨拶して」

「こんにちは、大泉《おおいずみ》智也です。聖ガブリエル幼稚園小麦組、五歳です」

　ぺこりと頭を下げる。子供は好きじゃないが、きちんと躾《しつけ》が行き届いている。しかも血が繋《つな》がっているだけあり、なんとなく平良にも似ている。よし、このガキなら許せる。

「こんにちは、清居奏です。しばらくの間よろしく」

しかし智也は笑顔のまま、そろそろと反対隣の平良の後ろに引っ込んでしまった。

「どうしたの。清居くんは俺の友達だよ?」

「……なんか……こわい」

智也はぎゅっと平良の足にしがみつき、清居は保っていた笑みをすうっと消した。

恋人の身内だからと歌のお兄さんばりのスマイルを向けてやったのに……と眉をひそめる清居に智也はますます怯《おび》え、平良が困り顔でさりげなく智也を自分の後ろに隠したことにさらにムカついた。前言撤回。やはりガキは嫌いだ。できるかぎり視界から外そう。

そうこうするうちに社長たちと安奈が到着した。

「代表の山形《やまがた》と申します。このたびはご好意に甘えてしまって」

ホテルから安奈をガードしてきた社長とマネージャーが菜穂に頭を下げる。大人組が挨拶を交わす横で、よう、と安奈に目で合図を送った。安奈もうなずき返す。平良は今日はイケメンバージョンではないので、社長たちと顔を合わさないよう奥にかくれている。

「責任持っておあずかりしますので、ご安心ください」

菜穂は社長にそう言ったあと、安奈にほほえみかけた。

「大変だったわね。おいしい紅茶淹《い》れるから、みんなで一休みしましょう」

包み込むような笑顔と声だった。

「あ、ありがとうございます。これからお世話に……」

安奈は挨拶の途中でふいに声を詰まらせた。菜穂がうつむく安奈の肩を抱き、大丈夫よと姉のように髪をなでる。ふたりの足元で、智也が安奈のワンピースを軽く引っ張った。

「お姉ちゃん、泣かないで。向こうにおいしいクッキーあるよ。お母さんが焼いたの」

安奈が涙をふき、しゃがんで智也と目線を合わせた。

「ありがとう。安奈です。仲良くしてね」

泣き笑いの安奈に、智也がえへへと頬を赤らめる。このガキ。自分に対する態度との差に三倍ムカついた。社長たちが帰ったあと、安奈は一階の客間、平良と清居は二階の空き部屋に荷物を置き、リビングで菜穂の焼いた菓子と紅茶で一休みをした。

「カズくんたちがきてくれて助かったわ。頼んでたシッターさんが急に休んじゃって」

離婚するかどうかまだ保留の段階なので、一応妻として地元後援会には顔を出さなくてはいけない。その間、ガキを見てくれる人を探していたのだという。

「来週からはシッターさんきてくれるから、一週間だけお願いします」

「うん、まかせて。こっちもお世話になります」

平良に子供の面倒なんか見られるのかと思ったが、そこは身内だ。智也はさっきから平良の膝にちょこんと座り、平良は智也のために立体絵本のページをめくってやっている。

「あの、よかったらわたしも智也くんの面倒を見ます」

安奈が遠慮がちに言った。

「え、いいの？」

「はい。智也くんかわいいし、わたしはしばらく仕事お休みが続くから」

「じゃあ、悪いけどよろしくお願いしようかな」

はいと安奈はうなずいた。やたら同情したり明るく励ましたりしない。女嫌いの清居から見ても菜穂は好感の持てる女性で、ここにきたのは正解だったと思った。

基本、女と子供は苦手なので同居は嫌だった。けれど知らない家に安奈だけをあずけるわけにはいかない。平良は自分がいくから清居はいいと言ったが、きもうざがひとりオマケについたからといって、安奈にとってなんの助けになるというのか。

はっきりそう言うと、それもそうだね、と平良はあっさりと認めた。平良のこういう淡々と自分を受け入れているところはすごいと思う。同時に厄介だ。本人的に反省することがないので問題点は永遠に放置され、この先も清居を延々と苦しめるだろう。

「清居くん、平良くん、本当にありがとうね」

安奈の言葉で我に返った。菜穂が紅茶のおかわりを淹れに台所に立ち、お手伝いしたいと智也もいってしまい、リビングには自分と平良と安奈だけが残されていた。

「菜穂さんてすごく素敵な人ね。話してると気が楽になる」

安奈の表情がリラックスしていて、ならよかったと清居はうなずいた。

「あたし、あのままひとりでホテルいたらおかしくなってたと思う」

「まだ桐谷とは連絡がつかないのか？」

問うと、安奈は答えず自嘲的に笑った。

「平良くん、菜穂さんにわたしのこと頼んでくれてありがとう」

「え、いえ、あの、別に、そんな」

平良はあわてふためいたように視線を動かした。

「平良くんみたいな頼り甲斐《がい》のある彼氏がいて、清居くんがうらやましい」

「は、どこが？」

そこは清居が突っ込んだ。今日の平良はイケメンではない、普段のクソださ仕様だ。

「だってこんな厄介ごと抱えてる女の面倒を身内に頼んでくれる人なんて、なかなかいないと思う。清居くんから話聞いてて、どんな人なんだろうって思ってたけど」

「だまされんな。普段のこいつはタチの悪いきもうざだ」

本人を前にしての暴言に安奈が慌てる。

「あ、大丈夫です。高校のころからずっと言われてるので」

本人である平良がフォローした。それも妙ににこにこと嬉しそうに。

「そ、そうなんだ。すごい信頼関係だね」

若干引き気味の安奈に、「どうだ、きもいだろ」と駄目押ししておいた。

しかし解せない。今日の平良はまあまあ普通だ。多少気持ち悪い程度で、安奈に気遣いを見せ、菜穂には大変なときにありがとうと普通に礼を言った。なぜだ。

清居の気持ちを推し量ったりしないと言い、さらに急な予定変更を謝りもせず、傷心の自分を置いてバイトにいってしまった平良が、自分以外には普通に気を遣う。

よく考えると、以前からそうだった。母親としゃべっているときはぶっきらぼうなどこにでもいる普通の息子だったし、大学のサークル仲間と飲んでいるときも、ぼそぼそとながらちゃんと会話のキャッチボールをし、たまに笑っていた。

「なんで？」

思わず問うと、平良がえっと首をかしげる。

「なにが？」

「なんでおまえは、俺と他のやつらで態度を変えるんだ」

「清居が特別だからだよ？」

今さらなにを言いだすのだくらいの勢いで問い返され、そんな特別いらねーよと怒鳴りそうになった。迷惑だから、普通に好きでいてほしいと切に願う。しかし、普通の男になった平良に魅力はあるのだろうか。考えるほどに、さらなる深淵《しんえん》が見えてくる。

——もしや俺は、こいつの気持ち悪さが好きなのか？

ぞわっと鳥肌が立った。やめてくれ。自分は恋人とは普通に愛し愛されたい。得体の知れない電波を飛ばされ、交信に四苦八苦する人生などごめんだ。

「いいなあ。わたしも桐谷くんの特別になりたかった」

こちらのやり取りを見て、安奈が溜息をついた。

「なりたかったたって、なんで過去形だ。まさか別れたのか？」

安奈は首を横に振った。

「そうじゃないけど、社長にこれ以上迷惑かけられない。あたしに謝罪会見させろって、向こうの事務所に圧力かけられてるんでしょう。うちのタレント使ったら向こうのタレント出さないって局にお触れ出してるって聞いた。清居くんも仕事何本か飛んだよね？」

「安奈が責任感じることじゃない」

こんな騒ぎが起きる前、安奈のバーターとしていくつも番組に出演した。今やっているドラマもそうだ。いいときは利用し、悪くなったら手のひらを返す。高校時代、自分も同じことをされた。お綺麗を気取るわけではないが、そういう人間には反吐《へど》が出る。

「役者の場合は、どうしてもそいつを使いたいと思わせられなかった役者自身の責任だ」

「でもやっぱりあたしのせいで……」

「おまえ、そういうの言い訳に使うなよ」

「言い訳？」

「桐谷をあきらめるなら、自分の責任であきらめろよ。社長や他の役者に悪いとか、自己犠牲的な綺麗な言い訳したら、今は楽でもあとで後悔して倍苦しくなるんじゃねえの？　俺も清居くんのせいでこうなったとか言われるの嫌だし」

安奈が眉をひそめた。

「清居くんって、ほんと容赦ないよね。先輩に向かっておまえ呼びだし」

「それはすみません、先輩。嫌なことは陰で言わずに本人に言う主義なんです」

安奈は悔しそうに顔を歪《ゆが》め、しかしかくりとうなだれた。

「……ごめん。そうだよね。わたしだってわかってる。このままあきらめて謝罪会見したら全部嘘になる。想像するだけで泣きたい。でも、もう状況的に無理なんだよ」

安奈の肩がかすかに震えている。泣きたいのを我慢している。このしばらくの騒動と激やせしている様子を見たら、確かにこれ以上は持ちこたえられないだろう。そう思うと桐谷に対して怒りが募った。惚れた女くらい自分で守れよ。

「こういう状況だからこそ、じゃないですか？」

重苦しい沈黙の中、ぼそりと平良が口を開いた。

「誰に認められなくても、汚い用水路を流されていても、自分の中に輝く星がひとつあれば生きていける。それが消えたときが本当の終わりです。俺なら死に物狂いでそれを守る」

淡々としているのに、譲らない強さに満ちた言葉に驚いた。

安奈と二人、ぽかんと平良を見つめた。

「あ、お、俺は、です。でしゃばってすみません」

我に返ってうろたえる平良に、安奈が首を横に振った。

「平良くんの輝く星ってなに？」

「清居です」

びくびくしていたくせに、そこだけは平良は迷いなく答えた。

「清居がいてくれたら、俺は世界中から石を投げられてもいい。あ、い、いてくれたらってい
うのは『そば』にという意味じゃなくて、この世界に存在してくれればいいって意味で、そば
にいてくれたら幸せだけど、そばにいてくれないからって消えるものじゃなくて……」

ぼそぼそと、詰まりながら、しかし確固とした世界観を披露する。

——なんてきもいやつだ。

なのに、気持ち悪いほど愛されている喜びに胸のあたりがじりじりと熱くなる。

湧き上がるものに耐えていると、台所から「カズくーん、ちょっと手伝って」と菜穂の声が
し、平良は逃げるようにいってしまった。奇妙な沈黙が残される。どうしよう。気まずい。

「すごい彼氏だね」

安奈が小さく笑った。

「清居くんの言ってる意味がわかった。ほんとに気持ち悪い」

やはりそうか。いや、しかし平良にも少しはいいところがある。それがどこかとは聞かないでほしい。口では説明できない。平良のよさは自分にしかわからないところで――。

「なんか、すごくうらやましい」

「え？」

「わたしもあんなふうに桐谷くんに想われたい」

「きもうざだぞ？」

「気持ち悪いくらい愛されててうらやましいよ」

安奈は泣きそうな顔をし、でも、と切り替えた。

「胸に輝く星がひとつあればっていう平良くんの話、沁みた。平良くんなら、きっとどんな逆境でも清居くんを好きでいることをあきらめないんだろうね」

「あいつは別れたあとでもストーカーになるタイプだ」

それは怖いと安奈は笑った。

「わたしも、ちゃんと会って話ができるまであきらめないことにする。謝罪会見もしない。もう少し踏ん張りたいって社長に頼んでみる。迷惑かけるけど」

「今まで稼がせてやったんだから、ここは甘えろよ」

「そっか。そう考えたら気が楽かも」

安奈は小さく笑い、クッキーを一枚かじった。

「……あ、おいしい。なにか食べておいしいと思ったの久しぶり」

ほろほろと崩れるクッキーに安奈は目を細める。崖っぷちにいた安奈を勇気づけたのが平良だったという意外すぎる展開に複雑な気分でいると、チャイムが鳴った。はーいと菜穂が玄関に走っていく。あらとか、お久しぶりですという挨拶が聞こえてくる。

「カズくーん、お父さんとお母さんいらっしゃったわよ」

清居は飲んでいた紅茶を吹き出しそうになった。


十分後、リビングにはなんとも言えない緊張感が漂っていた。

「清居くんだったね。いつも一成《かずなり》がお世話になってます」

「いえ、こちらこそ」

清居は背筋を正して平良の父親に頭を下げた。隣には以前会った平良の母親もいる。

「もっと早く挨拶をしたかったんだけど、どうしてか一成から絶対に遊びにくるなって言われててね。でも親としてはどんなところに、どんな人と暮らしてるのか心配だろう。で、菜穂ちゃんからしばらく一緒に暮らすと聞いて、いい機会だから挨拶にと思ったんだ」

マンションに引越してしばらくは、いつ平良親が様子を見にくるか警戒していたが、お宅訪問の気配はなく安心していた。なるほど、平良がストップをかけていたのだ。

――清居、大丈夫だよ。俺の親と清居はなんの関係もないから。

――俺の親と清居が関わることなんて、この先一生ないよ。

思いやりの皮を被ったデリカシー皆無の言葉。あのときは腸《はらわた》が煮え繰り返ったが、いざご対面となるとすごく気が重い。ゲイカップルとして下手な受け答えはできない上に、いじめ容疑までかけられている身だ。父親がさりげなく探りを入れてくる。

「清居くん、一成が迷惑かけてないかい？」

迷惑なら毎分の割合でかけられているが――。

「全然です。平良は飯も掃除も洗濯も完璧です（きもいだけで）」

褒めたつもりだったのに、母親の表情が変化した。

「す、すごいわね。カズくん、家ではなんにもしなかったのに」

母親が複雑な笑みを浮かべ、しまったと心臓が波打った。あれでは自分が平良をこき使っているように聞こえただろう。もっと考えて話さなくてはいけない。

「でも、男の子ふたりだといろいろ行き届かないところもあるでしょう。よかったら月に一度くらい、わたしがお掃除したりご飯作ったりしにいきましょうか？」

いやいや、絶対こないでほしい。迷惑以外のなにものでもない。というか大学二年にもなった息子相手に過保護すぎないかと顔には出さずに呆《あき》れていると、

「もう大学生なんだから、過保護はいいかげんにしてほしい」

と平良がしごくまともな返答をしたので助かった。

「でも一度も招待してくれないから、逆に心配になるのよ」

母親もまともに返してきた。ふたたび追い詰められたが、

「ひとり暮らしじゃないんだ。清居にも迷惑だから遠慮してほしい」

さらに平良がごく普通の息子力を発揮したので驚いた。平良はやるときはやる男だ。

「でもカズくん――」

「母さんたちが心配することなんてなにもないよ。家にいたときはなにもできなかった、する気もなかった俺が、今はいろんなことをできるようになったんだ。家事もそうだし、アルバイトもそう。吃音《きつおん》の俺は面接なんて絶対に無理だと思ってたし、来年の就活も正直すごく怖かった。でも清居が背中を押してくれたんだ。全部清居のおかげなんだ。母さん、俺、今、工場でケーキに栗をのせてるんだ。簡単な仕事だけど、俺にはすごいことなんだよ」

すごい。平良がこんな長台詞《ながぜりふ》を詰まらずに話したのを初めて聞いた。しかも自分とのつきあいを、平良が社会的な意味でもプラスに捉えていることが単純に嬉しい。

「……カズくん」

「……一成」

平良の両親は驚きの表情を浮かべ、それは徐々に感動へと色を変えてゆく。

「カズくん、少しの間にびっくりするくらい大人になったのね」

「清居くん、ありがとう。こんな前向きな言葉を一成から聞いたのは初めてだ。清居くんは高校のころから芸能界で仕事をしているんだろう。やっぱり早くから社会に出てるから、しっかりしてるんだろうな。きみといることで、一成はとてもいい影響を受けてるんだね」

「いいえ、そんなことは」

すかさず謙遜《けんそん》が美徳な日本人的優等生キャラの仮面をかぶった。きもうざの平良にしては奇跡的な良展開だ。いじめ容疑も晴れた上に、清居奏株、赤丸急上昇中。

「僕は芸能界にはうといんだけど、清居くんはとても有望なんだってね。うちの会社の部下に聞いたんだ。先日のドラマもとても評判がいいんだってね」

「はい。先輩俳優さんやスタッフの助けもあって――」

「そうなんだよ。清居はすごいんだ」

控えめな好青年キャラを演じる最中、平良が割って入ってきた。見ると、なにかのスイッチが入ったかのように平良の目が不気味に輝いていた。やばい。こういうとき、経験的に平良はロクでもないことを口にする。止める間もなく、安定のきもうざトークが炸裂《さくれつ》した。

「高校生のころから、清居は特別な存在だったんだ」

クラスに君臨する至高のキングであったという寝言からはじまり、夜空に輝く星だの、触れてはいけない芸術品だの、興奮して吃音を出しながらも熱心に語る。

「清居みたいな人とひとつ屋根の下で暮らせるなんて、俺には過ぎた幸せだと思う。だから俺はもう、いつ死んでもおかしくないゾーンに入ってるかもしれないんだ。でも先に逝くほどの親不孝はないって言うし、なるべく長生きできるよう努力するよ」

平良劇場はそうしめくくられ、リビングには絶望的なまでの静寂が落ちた。

平良の両親は絶句している。なにも言葉を発さないのは、逆に口の中に言葉が詰まりすぎているせいだ。いじめ容疑は晴れたが、平良親の顔には別の疑惑が浮かんでいる。

――うちの息子、もしかしてゲイ？

そんな心の声が聞こえてきて、清居は頭を抱えたくなった。カミングアウトはとてもデリケートな事案で、こんな出会い頭の交通事故みたいに行うものではない。

救いを求めるように室内を見回せど、智也は行儀よく立体絵本を読んでいて、菜穂は智也の頭をなでながらゆったりと構えている。さすが政治家の嫁だ。動じない上に、君子危うきに近寄らずの法をきっちりと守っている。こうなったら安奈だけが頼りだ。今回の借りを返せと目で訴えると、安奈は困った顔をし、しかし果敢に口を開いた。

「ねえ、平良くん」

安奈に声をかけられ、平良は首をかしげた。

「さっきから思ってたんだけど、わたし、平良くんとどこかで会った気がする」

「え、こんなきもうざと？」

思わずいつもの調子で言ってしまってから、平良の親の存在を思い出した。ちらっと見た平良の親は顔を引きつらせている。やばい。一旦打ち消されたいじめ疑惑がふたたび浮上し、ゲイカップル疑惑とからまり合い、平良の両親を混乱させている。

「えっと、どこだったかな。プライベートじゃなくて仕事で」

どんよりとした空気を払うべく、安奈が明るく話を広げようとする。

「……あの、多分、夏に雑誌の撮影をしたときだと思います」

先ほどの活き活きトークとは打って変わり、平良がぼそっと答えた。

「撮影って？」

「夕方からゲリラ豪雨が降った日で、海岸で……」

「豪雨って、あ、もしかして『Ｍａｒｙ《マリー》』のグラビア？　え、でもどうして？」

「こいつ、野口さんとこでアシスタントしてるんだよ」

清居の言葉に、安奈がえーっと声を上げた。覚えていなかったことを詫《わ》び、少し前に知り合いのカメラマン志望の子から聞いた噂のアシスタントが平良だったのかとさらに驚いた。

「噂？」

「野口さんが自分から声をかけて入れたアシスタントは初めてなんだって。あ、野口さんが気難しいってわけじゃなくて、逆に間口が広すぎて誰でもいいみたい。なのに今回のアシスタントは自分からわざわざ声をかけたって、業界ではちょっとした噂になってる」

「それって野口さんが平良の才能を認めたってことか？」

「それ以外の理由はないでしょう」

こちら側だけで会話を進めていると、待ってと平良の母親が身を乗り出してきた。

「カズくん、プロのカメラマンのアシスタントをしているの？」

「あ、うん」

「工場でケーキに栗をのせているんじゃないの？」

「かけもちでやってるんだ」

「師事している方はなんていうお名前なの？」

「野口大海《ひろみ》さん」

母親が「あなた」と父親をうながし、父親は素早くスマホで検索をかけた。山ほど出てくる野口の記事に、まあすごいとか、有名な方なのねと感心の声を上げる。

「子供のころ、一成にカメラを買ってやったことは間違ってなかったんだな」

「カズくん、将来はプロのカメラマンになるのね」

興奮気味の両親に、平良がぎょっとする。

「え、そ、そんな過剰な期待はやめて。ただのアシスタントだし――」

否定しようとする平良の足をさりげなく蹴って黙らせた。

「野口さんがわざわざ声をかけたんだから、充分見込みアリってことだろう。野口さんとこで修業して才能に磨きをかけろよ。そんで将来の独立を見据えて今のうちにコネも作れ」

渦巻くゲイ疑惑やいじめ疑惑を払うため、ここぞとばかりに風呂敷を広げた。

「そうよ平良くん、プロになっていつかわたしの写真集も撮ってほしいな」

安奈も清居の意図を汲んで盛り上げてくれたのに、

「あ、すみません。ポートレイトは清居しか撮らないと決めてるんで」

きっぱりとした拒絶に、リビングにはふたたびの沈黙が落ちた。


大学から帰ると、トマトソースのいい香りがした。台所をのぞくと安奈《あんな》が鍋をかき回していた。ただいまと声をかけると、おかえりと振り返る。

「夕飯はミートボールスパゲッティとグリーンサラダだよ。食べる？」

うんと椅子に腰かけると、安奈はパスタ用の湯を沸かした。

「平良《ひら》と菜穂《なほ》さんたちは？」

「平良くんは二階、菜穂さんは智也《ともや》くんの英語教室にいってる」

「幼稚園児に塾？」

「菜穂さんや平良くんの家ってナチュラルにセレブだよね。この家もお金かかった日本家屋だし、平良くんの親もすごく品がよかった。ああ、でもこないだは大変だったけど」

おかしそうに笑われ、清居《きよい》は顔をしかめた。あの日は大変を通り越して大惨事だった。まったく予期しない場所で地雷が爆発したかのような息子のゲイ疑惑に平良の親は動揺し、しかし感情的になることはなく、最後まで品のある対応を崩さなかった。

——ふつつかな息子ですが、どうかよろしくお願いします。

と帰り際に母親に頭を下げられたときには、鬼メンタルと言われる自分の心が折れそうだった。恐るべし平良一族だ。

「平良くんって、清居くんのためなら本当に命投げ出しそうだよね」

「一回死にそうな目に遭って、普通の男に生まれ変わってほしい」

ふんと鼻を鳴らしたが、はいはいと安奈は笑って流した。

「それより安奈、来月から仕事復帰だって？」

「うん、次の澤田《さわだ》監督の映画がクランクインするから」

騒ぎが起きてそろそろ一ヶ月、安奈の件は沈静化しつつある。桐谷《きりや》の一部過激ファンはともかく、まともな感覚のファンは、本人同士が真剣につき合っているのならしかたないという論調になってきている。そもそも独身同士の恋愛なのだから当然だ。

「問題は向こうの事務所だよな」

長い間大事に守り、育て、ようやく花開いた看板アイドルに傷をつけられ、向こうの事務所としては面子《メンツ》を潰《つぶ》されたも同然ということらしい。

「傷をつけられたって男側が言うことか。情けねえな」

「桐谷くんのせいじゃない。それに事務所が怒るのもしかたないかも。桐谷くん、どうしてもあたしとの交際を認めてもらえないなら引退するって社長に言ったんだって」

いきなり話が飛んだので驚いた。

「ここにきてから気持ちも落ち着いたし、社長にスマホ返してもらったの。それで桐谷くんとラインだけはできるようになったんだ。桐谷くん、毎日向こうの社長と話してるみたい」

「ちょっと待てよ。今回のことは理不尽だと思うけど、自分の言い分が通らないなら引退するって、それはプロとしてどうなんだ。しかもソロじゃない。グループだろ」

「今回だけのことじゃなくて、桐谷くんは前から引退は考えてたんだよ」

人気絶頂のアイドルグループの一員で派手な生活をしているイメージとは裏腹に、桐谷本人は素朴で真面目な性格だという。中学生のころに従姉妹《いとこ》が応募したオーディションに合格してしまい、真面目なだけにがんばってしまい、スターダムに乗ってしまった。

「桐谷くん、今まで何人も先輩の恋愛や結婚が駄目になっていくの見てるんだよね」

桐谷の事務所は年若いアイドルも多く抱えるだけに、恋愛に関しては厳しい制限を設けている。先輩たちも守ってきた伝統ともいえるルールだが、マスコミを警戒しながらの交際はストレスがたまる。堂々としたくとも事務所の承諾がなければ結婚はできず、彼女側がほとほと疲れて破局する。そういう先輩たちを、桐谷は身近でいくつも見てきた。

桐谷は今年で二十八歳。今から安奈と交際宣言をして、幼馴染みの彼女の影が消えるよう徐々に段階を踏んでファンに認めてもらい、結婚まで持っていくのに、あの事務所なら下手したら十年はかかる。ここまでくると、もう個人の一生に関わる問題だ。円満な家庭で育ち、子供好きな桐谷には、四十前まで家族が持てないという現実は相当につらいらしい。

「桐谷くんの事務所の先輩、四十前後でも独身の人ゴロゴロいるでしょう」

「確かに常識で考えたら無茶だよな。普通の会社で、仕事のために社員は結婚禁止なんて規則作ったら人権侵害だ。でもここまできて引退ってのも一生の問題だぞ。芸能人やめて、一般人に戻って、仕事はどうすんだよ。それに安奈とのつきあいは？」

「桐谷くんの実家は葡萄《ぶどう》農家だし、ひとり息子だからいざとなったら継ぐと思う。わたしは桐谷くんが引退するならついていこうと思ってる」

「は？　ついてくって、まさかおまえも引退？」

思わず目を見開いた。

「わたし、家族を早くに亡くして、中学卒業するまで養護施設で育ったんだ。高校すら進学できなかったの。中卒で芸能界入って、世の中に頼れる人はいないんだって、ひとりで生きるしかないんだって女優の仕事死に物狂いでがんばってきた。でも今は全部虚しい。わたしが築いてきたものって、こんな脆《もろ》いものなんだって思い知らされた」

叩《たた》くためだけに見る悪意のウオッチャーのおかげでドラマの視聴率は跳ね上がるが、放送後はネットでめちゃくちゃに酷評される。ブス。死ね。消えろ。ビッチ。枕営業。

「いいよ、わかった、もう消えるから、あんたたちも消えろって感じ。でも桐谷くんの手は離さない。見えない人気と違って、桐谷くんの手はつかめる。温度がある。生きてる」

あきらめたような口ぶりに歯がゆくなった。

「まあ今はがんばれって簡単に言えねえけどさ、おまえ仕事でナーバスになってる分を、男への愛情に変換して上乗せしてね？　それやべえぞ。仕事の借りは結局仕事でしか返せねえんだよ。踏ん張れよ。おまえほど才能あったら、俺は石にかじりついてでも役者やめない。そんだけの才能ドブに捨てて、普通の女になるつもり？」

「わたしは普通の女だよ」

「プライベートは普通だけど、女優としては天才だろ？」

するとと安奈は情けない顔で清居を見つめた。

「わたしは自分を天才なんて思ったこと一度もない。どっちかっていうと、普通の暮らしすら送れなかった普通以下の人間だって劣等感がある。ぶちまければ、そこがあたしの原動力なの。普通に親がいて、普通に幸せに生きてきた清居くんにはわからない」

「俺だって幸せいっぱいに育ったわけじゃないけどな」

鍵っ子だった小学生時代、壁越しに両隣の家族団欒《だんらん》の声を聞きながら、電子レンジで温めた夕飯をひとりで食べた。小さな弟や妹に母親を独占されて、新しい家族の中でいつも膝を抱えてテレビを見ていた。けれど、今さらそんなことは言いたくない。

「おまえは繊細すぎんだよ。小さいころから苦労したんだろうと思う。けどこの先、なにかあるたびそれ引っ張り出して自分に逃げ道作るのか。わたしはかわいそうって」

安奈の目の色が変わった。痛いところを突いてしまったのだ。

「……清居くんは、今のままじゃ駄目だと思う」

「ああ?」

「役者にメンタルの強さは必要だけど、清居くんは強すぎて弱い人の気持ちを理解できないんだよ。心の痛みを知らない人が、どうやって喜怒哀楽を演じられるの?」

「俺だって落ち込むときはある。それを人に見せるのが嫌なだけだ」

「どうして?」

「そんな恰好悪いとこ人に見せられるか」

「それが清居くんの壁だよね。役者の仕事なんだと思ってるの?」

その問いは、メジャーリーガーの豪速球みたいに飛んできて脳みそを直撃した。

悪くないけれど、よくもない。どうしても清居奏でなければという強い動機を演出家に抱かせることができない理由。自分でも気づかなかった弱みを指摘され、冷水をぶっかけられたような気分だった。フリーズしている清居を見て、安奈の表情がほどけた。

「……ごめん。言いすぎた」

「いいよ。間違ってなさそうだし」

肩をすくめながら、ああ、こういうところなんだなと気がついた。ショックを受けているのに、そういう自分を見せられない。恰好つけの殻で覆ってしまう。

「飯、いらない」

仏頂面で台所を出て、びくりと後ずさった。

出たすぐの廊下に、平良が膝を抱えて座っていた。

「なんでこんなとこに座ってんだ。いつからいた」

「少し前から」

あんなみっともない会話を聞かれたのかと思うと、かっと頬が熱くなった。

「盗み聞きすんな。声かけろ」

「ごめん。神々の戦いに入っていけなくて」

歪《ゆが》みなく気持ち悪い答えに引いていると、ポケットの中でスマホが鳴った。社長だ。座り込んでいる平良の頭をぺしっと叩いてから、はいと通話に出た。

『清居くん、今、家？　安奈と一緒？』

切羽詰まった声だった。

「はい、安奈ならそこにいますよ。代わりますか？」

『いい。それより、今すぐ清居くんは自分のマンションに帰って』

「なんですか。いきなり」

『事情はあとで話すから！　早く！』

スマホから漏れるほどの怒鳴り声に、足元の平良が驚いてこちらを見上げた。


久しぶりに自宅マンションで目覚め、朝一番で平良にスポーツ新聞を買いに走らせた。

「あーあ、こりゃすげえな」

スポーツ新聞全種類が、安奈と清居の密会を一面に持ってきていた。

『安奈、桐谷恵介《けいすけ》と清居奏《そう》との二股交際発覚！』

『国民的アイドルをもてあそんだ女王さま』

『謹慎中にもかかわらず反省の色なし』

ホテルの地下駐車場で帽子にサングラスの清居を、安奈が手を振って見送っている。すっぴんで普段着の安奈は見ようによっては色っぽく、事後写真と言われれば納得の隠し撮りだった。

「平良、違うからな。これは前に安奈の様子を見にいったときのものだ」

「わかってる。たとえ本当に密会でも俺は耐えるから」

——耐えるな。そこは彼氏として普通に怒れ。

本当に腹立たしい男だ。しかし今はきもうざに翻弄《ほんろう》されている場合ではない。

昨日の社長からの電話はこれだった。夜遅くにマネージャーと一緒にやってきた社長からスクープの件を聞き、仕事も当面キャンセルと言われ理不尽さに怒りがこみ上げた。

「もちろん清居くんはなにも悪くない。でも頼む。こらえてほしい」

社長に頭を下げられ、それ以上は言えなくなった。

そのあとは今後の対応を教えられた。記事は翌日のスポーツ新聞で一斉に出る予定で、当然朝のワイドショーでも取り上げるだろう。精神衛生上よくないので、テレビやネットは見ないようにと言われた。知り合いの記者からメールや電話がきても答えてはいけない。それがどんなに親しい間柄で、擁護記事を書くと言われても油断は禁物、などなど。

しかし、見るなと言われると余計に見たくなるのが人情だ。

「平良、リモコン」

「はい」

スポーツ新聞を検分しながら、平良が素早く持ってきたリモコンでテレビをつけた。ワイドショーがはじまり、案の定、安奈と自分の密会がトップニュースとして出てきた。辛口が売りのコメンテーターが皮肉っぽい笑顔を浮かべてしゃべっている。

「前の噂が出たのが一ヶ月前でしょう。その後にまた別の男性と密会。しかも今度の清居奏くんは年下。自由奔放というか、やりたい放題でうらやましい」

スタジオに笑いが広がり、電波に乗って実像とはかけ離れたイメージも広がる。

「お相手の清居奏さんは安奈さんと同じ事務所で、つい先日、今期最高視聴率で終わったドラマでも共演している、現在最注目のイケメン俳優さんなんですね」

説明と一緒に交互にフリップが映されるが、安奈と清居の顔は写真ではなくイラストだ。写真使用料も払えないクソ低予算番組が。次の改変で打ち切られてしまえ。

なにより腹が立つのは、安奈と清居の名前はばんばん出るのに、桐谷の名前は一切出ないところだ。触れずには話せないので前の熱愛とか、あちらの方とか巧妙にぼかしている。

「どいつもこいつも、向こうの事務所の顔色うかがいやがって」

舌打ちしながらスマホでネットの様子を確認した。ようやく下火になっていた安奈バッシングは、清居の参入で案の定大炎上している。

――安奈みたいなビッチに手え出すなんて、清居奏も男を下げたよね～。

――三流事務所のカス役者同士お似合い。まとめて芸能界から消えてください。

――清居くん、もっと素敵な子とつきあってほしかったな。もうファンやめる。

眉間に皺《しわ》を寄せ、途切れることのない罵倒《ばとう》を読んでいく。

テレビやネットは見るなと言われたが、そんなもの鼻で笑い飛ばせると思っていた。自分を過信していたのかもしれない。胸の底あたりにモヤモヤとしたものが増殖していく。

実力派でテレビで勝負をしていない安奈はともかく、今から売り出し中の自分には致命的な傷になるかもしれない。バッシングというリスクを背負ってでも、清居奏を使いたいという演出家やプロデューサーがいるだろうか。今の時点ではいない。これは客観的な判断だ。

売れない役者なんて星の数ほどいる。

マイナーでもよしとするなら道はある。

自分があきらめなければいいだけの話だ。

けれど、その『だけ』が一番難しい。

尽きずに湧《わ》いてくる、見知らぬ連中からの呪詛《じゅそ》にも似た言葉。目を眇《すが》め、人を食い物にして笑っているテレビの連中をにらみつけた。おまえらなんかに負けるか。自分は絶対に役者として生き残る。けれど思っていたより困難な道になるかもしれない。

ちらっと隣の平良を見た。昨日から騒ぎをずっと近くで見ていて、清居が切羽詰まった状況なのはわかるだろう。なのに慰めや励ましの言葉を発しない。

「おい」

呼びかけると、平良がこちらを向いた。

「なに?」

「なにって……」

——おまえ、たまには俺に優しくしろよ。

浮かんだ本音に頬が熱を持った。優しくってなんだ。情けない。恰好悪い。

「なんでもない」

呼んだくせに、ふんと顔を背けてしまった。

──それが清居くんの壁だよね。役者の仕事なんだと思ってるの？

嫌なタイミングで思い出し、自分自身に落胆した。仕事だけでなく、持って生まれた性格はあらゆる場面で顔を出す。克服は困難だが、このままではいつか頭打ちだ。だったら改善するしかない。まずは今、このみっともない本音を平良に伝えることから……。

──優しくしてくれと、俺から平良に素直に頼んでみる。

シミュレーションしてみたが、ナチュラルに鳥肌が立った。無理だ。気持ち悪すぎる。だいたいよく考えたら、平良は以前に理解不能なひどいことを言った。

──俺は清居の気持ちを推し量ったりしない。

──勝手に清居の心を推量することは、清居を自分の目の高さにまで引き下げることだ。

ニュースタイルな亭主関白宣言を思い出し、あのときの怒りがよみがえった。そうだ、平良はそういうやつだ。崇め奉るくせにリアルな愛情はくれないのだ。

「平良！」

名前を呼ぶと、平良がびくりとこちらを向いた。

「な、なに？」

「腹が減った。飯」

いつもの調子で命令すると、平良が慌てて台所に走っていく。カウンター越し、朝食を作る無自覚な暴君をむすっと眺めていると、その暴君のスマホが鳴った。

「はい、平良です。おつかれさまです」

受け答えから野口《のぐち》だとわかった。

「え、昼から？　今日は休みなんですけど」

急な仕事を頼まれたらしい。引き受けるなよと眼力を飛ばした。優しくしろとは言わないから、せめてそばにいろ。もうそれだけでいい。それ以上は望まない。

「はい……はい……、わかりました。じゃあ十一時にアトリエに入ります」

思わずソファから立ち上がった。平良がこちらを見る。

「清居、仕事入ったからご飯食べたらいくよ」

突発的に別れようと思った。これはもう駄目だ。許せない。別居案件だ。

「桐谷さんの撮影だから、なにか話が聞けるかもしれない」

「え？」

「桐谷さん単独の撮影で、こういう時期だから人目につかない野口さんのアトリエで、スタッフも最小人数で撮るって。野口さんのとこすごく散らかっててブツ撮りできる程度のスペースはあるけど、人物撮るなら奥の白ホリかかった部屋を片付けなくちゃいけない。狭い部屋だから、撮影中は桐谷さんと野口さんとアシスタントの俺だけになれるかもしれない」

ようやく平良の意図がわかった。

「野口さんがいたら、桐谷と話なんかできないだろ」

「俺が途中で野口さんを追い出して中から鍵をかける」

「アホか。そんなことしたらクビになるぞ。下手したら警察呼ばれる」

「呼べばいい。元は桐谷さんと安奈さんのことなのに、清居まで巻き込まれて仕事ができない状態に追い込まれてる。これを打開するためなら、俺はなんだってする」

平良は熱したフライパンに卵を割り入れた。淡々とした態度にひやりとしたものが背筋を走る。こいつは一歩間違えたら犯罪に走りそうだ。その一方で、言葉よりも行動で示す平良に男気を感じる。こいつの彼氏力は乱高下しすぎだ。しかし……まあ……嬉《うれ》しい。

「……ありがと」

珍しく素直に礼を言うと、平良がぼうっとだらしない顔をした。自分に見惚れている情けない恋人の顔。しかしまんざらでもなく、清居の機嫌は完全に上向いた。

「まあ部屋に閉じ込めるとかはNGとしても、ここまでこじれると桐谷がジョーカーって気もするな。向こうの事務所をなだめられるのは桐谷しかいないし」

桐谷と接近できる唯一のチャンスを平良が作ってくれた。これを逃す手はない。なんとかして角の立たない方法で桐谷と直で話がしたい。考えていると、平良が言った。

「じゃあ、野口さんに頼むよ」

「え?」

「正直に全部話して、協力してくださいってお願いする。撮影中、現場の主導権はカメラマンがにぎる。野口さんが桐谷さんと二人にしてくれって言ったら誰も反対できない」

「誰かに話されたらどうする」

「野口さんはそういう人じゃない……と思う」

「なんでわかる」

「何ヶ月か一緒に働いて、なんとなく」

「おまえなあ、だったら最初からそっちの穏便策を出せよ」

ほとほとあきれると、あ、本当だねと平良は初めて気がついたかのようにうなずいた。駄目だ。やっぱり平良の頭の線は何本か切れている。


「おまえ、なんちゅう爆弾を持ち込んでくるんだ」

スタジオに入る前に、野口の自宅マンションにいって事情を説明して助力を願った。野口はソファの向かいに座る平良、清居、安奈を等分に見つめた。

「どこから見てもコミュ障な平良に芸能人の友達がいることにまずびっくりだけど、まあそれにしても、ふたりともよくここまできたな。マスコミに尾《つ》けられてないか」

「それは大丈夫だと思います。多分、誰も俺たちだと気づかないと思うんで」

そう言う清居と安奈を、野口がまじまじと見つめる。

「うん、なにかを強烈にこじらせてる、あまり近づきたくない連中にしか見えない」

清居は帽子・サングラス・マスクといった、変装をしているようで実は芸能人ですと大声で喚き散らすも同然の半端な変装を捨て、アニメの美少女キャラが描かれたTシャツにチェックシャツ、バブル期に流行った裾にいくほど細くなるケミカルウォッシュジーンズをはき、LOVEと縫い込まれたキャップをかぶって前髪で目を隠している。

一方の安奈は姫カットのカツラをかぶり、頭には巨大な薔薇《ばら》つきカチューシャ、フリル全開の黒いロリータミニワンピにフリルハイソックスに厚底エナメルヒール。クッキリとした二重をアイプチで糸のような一重にし、三百六十度バンギャなゴスロリにしか見えない。

「役者ってすごいよなあ。まったくの別人。ふたりともすんげえブサイク」

感心する野口の前で、清居は唇を噛《か》み締めた。正体がばれないようにとはいえ、なんという屈辱的な恰好。しかし安奈はありがとうございますと頭を下げた。褒められたと認識しているのだ。役者としての意識に差があることを、こんなところでも思い知らされた。

「迷惑をおかけしてすみません。話を聞いてわたしが強引についてきたんです。今朝の報道を見て、このままだと清居くんまで巻き込んでしまうって。なんとかしないと、わたしと桐谷くんのせいで清居くんの将来まで潰してしまうことになります」

悲痛な安奈の訴えに、野口は「まあなあ、最近ひどいよな」とうなずく。

「けど、俺の一存で桐谷くんと安奈ちゃんを会わせたってばれたら、俺もかなり立場が悪くなる。桐谷くんの事務所は本気出すと結構えげつないことしてくるし」

その通りすぎて返事に詰まった。自分を守るために、なんの関係もない野口に危ない橋を渡れと言っているのだ。沈黙が続く中、意外にも口を開いたのは平良だった。

「力を貸してください。野口さんしか頼る人がいないんです」

ぺこりと頭を下げる平良に、なぜか野口が妙な笑みを浮かべた。

「いやあ、俺もできるなら貸したいよ。かわいい弟子の初のお願いごとだからなあ。俺がこんなにかわいがってるのに、あんまりバイト入ってくれなくて、コンビニケーキ作ってる工場の夜勤と天秤《てんびん》にかけてくる、どつきたくなるほどかわいい弟子のお願いだからなあ」

すごい嫌味に比例して、野口が平良を買っていることがわかった。

「俺としてはもっと手伝ってほしいというか、写真に熱入れたほうがいいんじゃないかと思うけど、平良はコンビニケーキ作るの大好きみたいだから辞めろとは言えないよなあ。まあケーキ大好きなんだよね？　俺んとこで働くよりもね？　工場辞めたくないんだよね？」

おまえの願いを聞いてやるから、専属アシになれと野口は言っているのだ。信じられないことだが、平良、イエスと言え。おまえのようなきもうざを一流カメラマンが買っているんだぞ。自分や安奈たちのためだけでなく、自身の将来のためにもチャンスを逃すな。しかし、

「そうなんです。工場は俺の精神の均衡をたもつ大事な場所なんです」

平良はあっさりノーを告げ、自分だけでなく安奈もぎょっと平良を見た。野口さんを袖にし

ちゃうの？　という目だ。野口は思い切り顔をしかめ、肩を落とした。

「くそ、毎度毎度師匠の気持ちを踏みにじりやがって」

「野口さん、俺の師匠なんですか？」

「待て、こら。いい加減それくらい認めてもいいんじゃねえの？」

「いえ、俺なんかがそんな大それたポジションに入るわけにはいかないので」

すごい男だ。へりくだりつつ、師匠と弟子の関係すら拒むとは。ぐぬぬと顔を歪める野口にひどく共感してしまう。無自覚な暴君・平良を愛してしまった人間は、そういう理不尽な目に遭う宿命なのだ。しかし『毎度毎度』という野口の言葉から、ふたりが頻繁にこういう会話を交わしていることがうかがえた。平良は無口なので仕事のこともほとんど話さない。なのでこんなもったいない事態になっているとは知らなかった。

──一体、野口さんは平良のなにをそんなに気に入ってるんだろう。

怪訝《けげん》に思っていると、野口がなにかを思いついたようににやりと笑った。

「わかった。じゃあ別のことで手を打ってやる」

報復を思いついたサディスティックな笑い方に、平良がびくりと肩を竦める。

「俺を笑わせてみろ」

「…………は？」

「今ここで俺が爆笑するようなおもしろいことを言えたら、おまえの願いを叶えてやる」

「無理です」

一秒で平良は白旗を振った。確かに自分も無理だと思う。

「じゃあ、全員お引き取りください」

野口はふんとそっぽを向いた。撮影で会ったときは余裕のある楽しい大人の男というイメージだったが、こちらが素なのか結構ガキっぽい。しかしどうすればいいのか。喜怒哀楽の中でも、人を笑わせるというのは難易度が高い。きもうざネガティブ平良が、ヘソを曲げてしまった師匠を爆笑させられるとは思えない。沈黙が続く中、平良が顔を上げた。

「わかりました。では、小噺《こばなし》をひとつ」

苦渋の表情でつぶやく平良を、野口がにやにやと見つめている。安奈が祈るように手を組んだ。すべては平良にかかっている。平良、なんとかしろ。

「木村伊兵衛《きむらいへえ》写真賞を狙っている恐ろしい大学二年生は、俺でした」

瞬間、野口は固まったまま目を見開いた。

清居と安奈は首をかしげた。

なんだ。それのどこがおもしろい話なんだ。

終わった……と肩を落としかけたとき、顔を強張らせたままぷっと野口が吹き出した。こらえ切れず断続的に漏れる笑いが、ある時点で決壊して爆笑となった。

「あ、あれ、おまえだったのか。ひゃーっはっはっはっはっは、サイコー、ひぃーっ」

　思い切りヒキ笑いにまみれている野口をぽかんと見た。さっきの話のどこがそんなにツボに入ったのかわからない。平良は真っ赤な顔でうつむいている。どうやらふたりにしかわからないなにかがあるようだが――。

「あー、フリからオチまで奇跡的な綿密さだろ。笑いすぎて死ぬかと思ったわ」

　ようやく笑いの渦から這《は》い上がってきた野口が、腕時計を見て立ち上がった。

「じゃ、そろそろ時間だから、みんなでアトリエいくか」

「いいんですか？」

　清居が問うと、野口は約束だしなと肩をすくめた。

「それに、俺と平良は運命で結ばれた師匠と弟子だとわかったから」

「運命？」

　眉根が寄った。憮然《ぶぜん》とする清居に構わず、野口は平良の肩を抱き寄せた。

「なあ、おまえ、まじで木村伊兵衛狙ってんの？」

「……忘れてください」

「だったらまずは写真集出せ。それか個展だな。その前に腹据えてうちに就職しろ」

「……無理です」

「出会う前から俺がおまえのベストアンサーって、これもう運命だろ」

「……ただの偶然だと思います」

二人は自分にはさっぱりわからない話をしている。

野口のような売れっ子カメラマンに見初められ、平良は運がいい。

なのに妙な焦りがこみ上げてくる。平良があんなに野口からかわいがられているなんて知らなかったし、平良のほうもなんだかんだ言いつつ野口を信用しているようだ。

あのコミュ障で人見知りの平良が……なんだかモヤモヤする。


野口のアトリエに着いたあと、清居と安奈は撮影場所となる奥の小部屋にあらかじめ隠れて待つことになった。しかしここからが勝負だ。

スタイリストやヘアメイクなどは最小人数に抑えているが、マネージャーはがっつり桐谷に張りついている。これをなんとか野口に引き剝がしてもらわねばならない。

「どうして撮影に立ち会ってはいけないんですか？」

ドア越しに耳を澄ますと、桐谷のマネージャーの声が聞こえた。

「このアトリエでポートレイトを撮るってのは、俺にとっては特別なことなんですよ。細かい理由は置いときますが、個人的なこだわりがあって滅多なことでは使わないんです。でも今回はそちらの事情を考慮して、人目につかないここを開放してるんですがね」

クリエイターならではのセンシティブさを前面に押し出した野口の言い分に、短い沈黙のあと、わかりましたという渋々な許諾が聞こえた。しばらく息をひそめて待っていると、ドアが開く音と閉まる音、続いて「お願いします」という若い男の声が聞こえた。

「よう桐谷くん、久しぶり」

「ご無沙汰《ぶさた》しています。今日は無理を言って申し訳ありません。よろしくお願いします」

大手事務所のアイドルだけあって、行儀のいい丁寧な挨拶だった。

「じゃあ桐谷くん、悪いけどドアの鍵をかけてくれるかな」

「え、鍵ですか？」

「理由は今から話すけど、絶対に驚いた声を出さないで。いい？」

「は、はい」

「実は、きみに会いたいって人がここにきている」

「……は？」

「きみが一番会いたい人だったらいいんだけど」

まさか……と桐谷がつぶやいたあと、急いで鍵を閉める音がした。

「よーし。おまえら出てきていいぞ」

野口が小声で言い、撮影の背景に使う白ホリから清居と安奈は顔を出した。桐谷の目には清居の姿など入っておらず、ひたすら一重でゴスロリな安奈だけを見つめている。

「……桐谷くん」

安奈が涙声で名前を呼んだあとは、恋人同士の涙の再会劇が上映された。ひしと抱き合う二人の姿をなるべく見ないよう、邪魔もしないよう、野口と清居は部屋の隅で気配を消して立っていた。平良は部屋の外でさりげなく門番をしているはずだ。

「みんな若くて先がある身だ。少しでも事態がいいほうに向けばいいな」

野口が言い、そうですねと答えた。

「清居くんはとんだとばっちりだったけど」

「ほんと、いい迷惑ですよ。でもトラブルなんて努力しても避けられないし、だったらやっつけるスキルを磨くほうがいい。黙って殴られるのは性に合わない」

「若いのにメンタル太いねえ」

「仕事としては一長一短です」

「ああ、まあな。鈍感にならず強くいるっていうのは難しい」

たった一言だったのに、野口はこちらの言いたいことを正確に捉えた。ささいなことに引きずられて落ち込まない強さと、ささいな情感を汲み取って表現できる繊細さ。その両立。今まで長所だと思っていた部分が、今は壁となって立ちはだかっている。

「平良とはどういう知り合いなの？」

「高校の同級生です」

「へえ、それで友達やってるの？　なにも接点がなさそうな二人なのに」

「まあ、接点は特になかったですね」

「高校時代なんか特にそうだったろう。せまい箱の中に科も属も種も違う動植物の雄雌がいっぺんに詰め込まれるって、未発達な生きモンの育成環境としてはヘヴィだよなあ。清居くんと平良なら、いじめっ子といじめられっ子くらいの接点しか思い浮かばないわ」

くっくっと野口が笑う。

「いや、まあでも平良は羊の皮をかぶった王様だから、そうミスマッチでもないのか」

「え？」

「あいつ、気弱そうに見えて実はめちゃくちゃ我が強いよな。普段は人に逆らわず陰気に黙々と真面目に動くんだけど、自分の中に誰にも触れられたくない場所があって、そこを荒らされると途端に牙剝くタイプ。案外、簡単にレール踏み外しそうでやばいわ」

よく見ている。観察眼の鋭さはカメラマンという職業柄か、それとも平良への個人的な興味か。後者の可能性に、じりっと胸の縁が焦げたように感じた。

「やばいけど、いいよ。自分の中に聖域を持ってるクリエイターは強い。それを邪魔な足枷《あしかせ》にしちまうか、自分のウリにできるかは本人次第だけど」

「平良ならウリにできると思ってるんですか？」

「それは誰にもわからない」

「でも可能性を感じるから、平良を手元に置いて育てたいんでしょう？」

わずかに間が空いた。

「俺があいつに感じてるのは、そんな純粋なもんじゃないな」

「……じゃあ、なんなんですか？」

純粋の反対は不純だが。

「恥ずかしいから、ヒーミーツー」

ふざけた答えにイラっとし、さっきから感じていたモヤモヤが不安や心配という形になっていく。まさか野口はゲイなのか。そして平良に不埒《ふらち》な興味を持っているのか。しかしあのきもうざに？　否定したいが、自分が同じ穴のムジナなので否定しきれない。

「しっかし木村伊兵衛写真賞の大学生があいつだったとは」

野口が思い出したように笑い出し、清居も一旦疑惑を横に置いた。

「すごい賞なんですよね？　あいつ獲れそうですか？」

「今はまだ話にもなんない。学生演劇でアカデミー賞獲れると思う？」

やはり現実は厳しいのか。

「その前に、『撮りたいものはありません』っていう状態じゃあな」

「え？」

「前に、おまえ自身はなにが撮りたいんだって聞いたことがあったんだ。そのとき『撮りたいものはありません』って答えやがった。はっきりと、それも二回も繰り返して」

ふっと頭の中に空白ができたように感じた。

「……へえ、そうなんですか」

平静を装うためには、多少の努力が必要だった。

「それでいいんだよ。欲望ってのは否定するほど露《あら》わになってくもんだ。そのうち嫌でも認めざるをえないときがくる。自分はなにを望んでいるのか、なにがほしいのか。欲は大概みっともない形をしてるけど、それを認めることでようやくスタートラインに立てる」

野口がなにか話しているが、右から左の耳を素通りしていった。

内に内に閉じこもりがちな平良が、唯一自分を解放するのが写真で、そんな平良が一番に撮りたいものは自分だと思っていた。実際いつも撮っている。似たようなショットで飽きずに何枚も、なにがおもしろいのか、手や足の小指の爪にすら愛を注いでいた。

なのに『撮りたいものはありません』？

短い時間だったが、安奈と桐谷は互いの気持ちを確かめ合うことができた。あまり込み入った話はできなかったが、顔を見て直に話すことでしか通じないものもある。

ここから事態がどう動くかはわからないが、悪いほうには進まないと思う。ふたりの気持ちが固い以上、双方の事務所は引退だけは避けつつウィンウィンの落としどころを見つけるしかない。事務所だって金の卵を生む鶏を踏み潰すような真似はしない。

帰宅するともう夜で、まずはオタクファッションを脱ぎ捨てて風呂に入った。温かい湯に浸かれば、このモヤモヤも落ち着くかと思ったが、そうはならなかった。

「清居、ご飯できてるよ。食べようか」

風呂から上がると食卓が整えられていたが、無視して冷蔵庫から水を取り出し、その場で立ったまま飲んだ。それを見た平良がカメラを構えた。続くシャッター音。いつもなら心地いいはずの音が、今はぎりぎりで抑えているいらだちに火をつけた。

「撮るな」

大股で平良のほうへいき、カメラに手をかけてぐいと下げた。

「清居?」

平良は戸惑ったようにまばたきをする。

「おまえ、撮りたいもんないんだって?」

「え?」

「野口さんに聞いた。本当は俺のこともたいして撮りたくないんだろう?」

「そんな、と、撮りたいよ。すごく撮りたい」

「じゃあなんで野口さんにあんなこと言った」

「……それは」

平良は黙り込む。いらだちが怒りに変わる。

「はっきり言えよ」

声に圧をかけると、平良が顔を上げた。ひどく困っている。

「……そ、それは、その……野口さんに聞かれたのは『プロとして撮りたいもの』って意味で、プライベートで撮るものとプロとして撮るものは、俺は、ち、違うと思うんだ」

本日二度目のショックだった。一度目のそれよりでかい。

「対象に向き合うときの心構えとか、もっと真剣に、あ、遊びじゃ撮れない」

遊びじゃ撮れない。つまり平良にとって自分は遊び枠ということか。

うろたえる平良を見ていると、言いようのない悔しさが湧き上がってくる。クリエイターにとって『恋人』と『創作の源』が一致しているとは限らない。シェフが店で作る料理と、家に帰って作る料理は違う。歌手がステージで歌う歌と、家で歌う鼻歌は違う。わかっている。しかしこんなに自分を崇め奉っておいて、今さらそれはないだろうと思った。

ある日いきなり、平良にとって創作のミューズが現れたらどうするのだ。物や風景だったらいいが、人だったら自分の立場はどうなる。ミューズはミューズ、恋人は恋人ということなのだろうが、自分はそんなことは許容できない。

全身全霊で愛を捧《ささ》げてこない平良になど価値はない。

惚《ほ》れた男の魂を、誰かと分け合うなどという屈辱も受け入れられない。

腸《はらわた》が煮えくり返る。一見なんでも思い通りになる従順な恋人のふりをして、実はオレ様ルール満載で、自分がオレ様であるということにも気づいていないクソ平良の、それでも一番は自分であると思っていた。野口が言う平良の『聖域』にいるのは自分なのだと信じていた。逆にそこを信じられたから、無神経なオレ様ぶりにも耐えられたのに。

地団駄を踏みたい。襟首をつかんで、平良をボコボコにして喚きたい。

俺だけを見ろ。おまえの創作の源も俺だ。俺を撮りたいと言え。

「……くっそ」

耐え難さが口から漏れた。なんだこれは。死ぬほどみっともない。恋人を独占したくて逆ギレしてる、ただの嫉妬深い馬鹿じゃないか。なぜ平良はいつも自分をみっともなくさせるんだろう。平良とつきあうことになったときも、最後は自分から縋《すが》る形になった。同棲《どうせい》するときもイニシアチブを取ったのは自分だ。いつも、いつも、自分ばかり。

「……もういい」

「清居？」

寝室へ向かい、クロゼットからスーツケースを取り出した。

「清居、なにしてるの？」

「出ていく」

平良は目を見開いた。

「おまえと一緒にいたくない」

平良の顔がすうっと白くなった。ざまあみろ。ジョーカーを持っているのはおまえだけじゃない。わかったら謝れ。たまにはおまえが負けろ。限界値の目力でにらみつけていると、平良がゆっくりとうなだれた。

「…………わかった」

「あ？」

「でも、俺が出ていくよ。この部屋は清居の事務所のものなんだから」

平良は自分の鞄《かばん》を出して服を詰めていく。ちょっと待て。簡単に納得するな。危機を回避しようと努力しろよ。しかし平良は鞄を手に寝室を出ていく。そしてリビングに戻り、テーブルに置いていたカメラとパソコンも鞄に詰めた。

——本当に出ていくのか？

口火を切ったのは自分だから、引き止められない。平良は無言で玄関へ向かい、死んだ魚の目で清居と向かい合った。そして無言で一礼して出ていった。

玄関ドア越し、足音が遠ざかっていく。

平良を追い出したのではなく、自分が取り残された気分になった。

平良と別居して十日、事態はいまだ膠着《こうちゃく》している。

平良は電話もラインも寄越さず、当然、仲直りの懇願もしてこない。今回だけでなく、平良は基本清居にお願い事はしない。お願いをすること自体畏れ多いと思っているのだ。

代わりに、騒ぎ以前に受けていた清居の雑誌グラビアやインタビュー記事の感想などが、ファンレターとして事務所に送られてくる。事務所スタッフはバッシング真っ最中の清居を少しでも明るい気分にさせようと、『また不審くんからお便りです』とネタ扱いでメールに添付して送ってくれるのだが、正直、余計に腹が立つ。

手紙にはプライベートな事柄は一切書かれていない。グラビアの清居がどれほど恰好よかったか、インタビュー記事なら受け答えの賢さ、志の高さを褒め称え、読み進めるほどにおまえは一ファンかといらだちが募るばかりだ。

彼氏のくせに事務所に手紙を送るな。一言、『こないだはごめん』とラインを入れるほうがずっと簡単だし、楽だし、清居もそれを望んでいる。なのに、なぜ？

やり直そうと言われないので、清居のほうからも連絡できない。面子を保ちつつ、仲直りをする方法はないかと思案する日々にもうんざりしている。

仕事のほうには光が差しはじめている。桐谷と安奈の気持ちが揺るぎそうにないと理解した向こうの事務所が、ようやく態度を軟化させてきたのだ。おそらく、桐谷の事務所のほうも折れどきを探していたのだろう。安奈は映画畑では大御所の監督からかわいがられていて、海外でも評価の高い女優だ。それを自社のタレントを守るために潰したとあっては、桐谷の事務所も泥をかぶりすぎる。この先、映画筋とつきあいづらくなるだろう。

泥仕合になる前にと、今は双方の事務所で騒ぎの収束に動いている。まずは二人の交際を認め、世間にどういう形で報告するかだ。マスコミにもその旨のお達しが出ていて、テレビや雑誌でのバッシングはぴたりと止んだ。まったく現金な連中だ。

しかし、おかげで清居は仕事に復帰することができた。あまり華々しくならないようラジオ収録でのスタートだったが、久しぶりの現場に気分が上がった。収録は順調に進み、合間にさりげなく、今回の騒ぎは誤解であることを自分の口から伝えられたのですっきりした。これ以上とやかく言うやつは、叩くこと自体が目的なので相手にしない。

マネージャーが運転する車でラジオ局を出ると、スロープの先に結構な数のファンが出待ちをしていた。口がみんな『キヨイクン』と動いている。騒ぎの間も変わらず復帰を待っていてくれたと思うと、面倒な出待ちもありがたいと思えた。

「マネージャー、できるだけゆっくり走って」

「はいはい、わかってるよ」

のろのろと進む車の窓越し、ファンに向かって笑顔で手を振った。それを見て、泣きだす女の子もいた。ステージの上にいるアイドルに、届かないとわかっていながら手を伸ばすファンたち。小学生のころ胸に刻まれたシーンの中に自分はいる。

女の子たちの輪から少し離れて、見知った男の姿を見つけた。帽子、サングラス、マスクと不審者丸出しの恰好で、じっとこちらを見ている。平良め。そんなに恋しいなら、一言戻ってきてくださいと言えばいいだろう。とことん憎たらしい男だ。

車はゆっくりと通り過ぎ、美しいイチョウ並木を走っていく。

「清居くん、久しぶりだし気疲れしただろう。このあとは仕事ないけどマンション直行でいいのかな。それともなにかおいしいものでも食べにいく？」

復帰初日ということで、マネージャーも気を遣ってくれている。けれどさっき見た平良の姿が胸に焼きついて離れない。せっかくいい気分だったのにと、乱暴に髪をかき回した。

「ちょっと寄りたいとこあるから、ここで降ろして」

「え、でも一人歩きはやばいよ。まだ初日だし」

「ずっとマンションにこもってたから、久しぶりにぶらぶらしたい」

「しかたないなあ。じゃあグラサンとマスクだけはしててね」

マネージャーは路肩に車を停めてくれた。なにかあったらすぐに連絡してねと心配性なマネージャーにうなずき、おつかれさまでしたと挨拶をして車を降りた。

金色のイチョウ並木の下を、ポケットに手を突っ込んでうつむきがちに歩いていく。ポケットの中で、右手はスマホをにぎりしめている。平良はまだこのあたりにいるだろうか。

こんなはずじゃなかったと、無意識にしかめっ面になった。

どうしてこうも思い通りに運ばないのだろう。平良とつきあってから、こんなはずじゃなかったの連続で、好き合っているのに理解できない部分が八割を占めるなんて異常だ。ずっと平良がおかしいからと決めつけていたが、それだけではないかもしれない。

本当は、自分たちは、すごく相性が悪いのかもしれない。

好きという気持ちではカバーできないくらい。

——俺は自分から謝るとかできないタイプだし。

——俺にはわからない思考回路で、平良も謝ることをしてこないタイプだし。

そういうふたりが喧嘩をしたら、それはもうこじれる一方だ。自分ほど意地っ張りなやつはいないと思っていたが、平良はそれ以上なオレ様で、結局は自分から手を差し伸べるしか仲直りの道はない。でも癪《しゃく》にさわる。どうしていつも自分ばかり。

——あー、もう考えること自体うざくなってきた。

まったくこんなのは自分らしくない。鬱々と考えているうちに大通りから外れ、ひとけのない路地に入っていた。ここはどこだ。立ち止まり、大きく息を吐いた。

——嫌なことはさっさと片づけよう。

覚悟を決め、ポケットからスマホを出して平良にラインを打っていく。しかし絶対に謝りたくない。謝罪せずに仲直りできる文章を考えていると、すみませんと声をかけられた。

「あの、このあたりに書店はありませんか」

サングラスをかけた男に訊《たず》ねられ、ああ、と清居は通りのほうに向いた。

「この道まっすぐいって、でかい通りに出て右に曲がったら大型の書店があるよ」

「ありがとうございます。清居くん」

名前を呼ばれ、えっと振り向いたと同時に首に太い腕が巻きついた。羽交い締めの状態でぎりぎり締め上げられる。もがいても外れない。

――これ……やばい……。

すうっと血の気が引いていき、意識が遠ざかっていった。


目が覚めると、汚れた畳に土足の靴先が見えた。左右の手首を後ろで縛られ、足も左右まとめて結束バンドで縛られているので起き上がれない。目だけを動かし場所を確かめるが、長い間人が住んでいない空き家のようで、どこだとは特定できなかった。

「気がついた？」

腰のあたりを足で雑に持ち上げられ、ごろりと仰向《あおむ》けにされた。自分を見下ろす男を見て驚いた。サングラスを外した男は、平良とよく一緒に出待ちをしていた安奈のファンだ。確か設《した》楽《ら》という名だった。なるほど。熱愛報道の余波か。自分をさらった動機はわかった。

「パスコードは？」

気絶している間に抜き取ったのだろう、男の手には清居のスマホがある。

「死ね、クソ野郎」

吐き捨てると、思い切り脇腹を蹴られた。衝撃で息が詰まる。髪をつかんで上半身を起こされた。設楽は床に片膝をつき、清居と目線を合わせてくる。

「教えろ」

分厚い手のひらで横っ面をはたかれた。

「教えろ」

もう一度、強くはたかれた。唇を生温かい液体が伝う。口内に広がる鉄の味。鼻血だ。口の中も切れた。構わずに頬を交互にぶたれる。打たれた衝撃で赤い飛沫《ひまつ》が設楽の顔やシャツに飛び散る。それでも無表情で、目だけが血走っていく。

——完全にいってるな。

たまらずパスコードを口にした。清居を突き飛ばすように放り出し、設楽は清居の鼻血で赤く汚れた手でスマホのロックを解除した。アドレスからどこかに電話をかけている。異常な横顔をぼうっと見た。痛みで顔じゅうじんじん痺《しび》れている。

「もしもし、安奈?」

その呼びかけに、やっぱりかと眉をひそめた。

「ああ、そう、これは清居くんのスマホ。安奈に電話をかけたくて借りたんだ。電話だと少し声が変わるんだね。テレビよりちょっと低くて大人っぽいよ。え？　俺は設楽と言います。きみのファンです。いつも会いにいってる。きみは覚えてないだろうけど」

設楽の声音は優しく、それが余計に薄気味悪かった。

「今から言う場所に、清居くんを迎えにきてくれないかな。誰にも言わずに、安奈ひとりできてほしい。でないと清居くんを殺すよ。嘘じゃない。本気だ。清居くんのスマホを使ってるんだから、僕と清居くんが一緒にいることはわかるだろう。こなかったら、本当に清居くんを殺すからね。そうなったら安奈のせいだからね。わかった？」

じゃあ言うよと、設楽はこの場所を告げた。元いた場所からそれほど離れていない。

「……俺と安奈はなんでもない。ただの友人だ」

ぐったりと転がったまま言ったが、設楽はこちらを見もしない。すり切れて汚れた畳に三角座りで腰を下ろし、自分のスマホを取り出して操作している。ふいに安奈の声が響いた。BGMがかぶさる。覚えのあるセリフ。安奈の映画だ。ベルリンで賞を獲ったデビュー作。

横倒しになった視界の中で、設楽はじっと画面を見つめている。完全に恍惚《こうこつ》に取り込まれている目。ひどく静かで、熱っぽく、平良が自分を見つめる目に似ていた。こんな異常なことをしでかしている男と平良が似ているなんて、認めたくなくてきつく目を閉じた。

映画の台詞《せりふ》と音楽だけが流れる中、小さくドアを叩く音がした。映画に没頭していた設楽の表情がぴくりと動く。夢から覚めたように、ゆっくりとそちらを見る。

「……安奈」

ゆらりと立ち上がり、設楽は部屋を出ていった。向こうが玄関なのか。安奈はひとりできたのだろうか。まさかそれはないだろう。社長かマネージャーに連絡しているはずだ。ふたりがいれば心配ない。問題は孤立無援の自分だ。逆上した設楽になにをされるか――。

「……平良くん？　え、なんでここに？」

設楽の戸惑う声が聞こえた。平良？

「清居のスマホで、安奈さんに電話したでしょう？」

本当に平良の声だった。安奈が平良に連絡してくれたのだ。

「清居はどこ？」

「なんで安奈と平良くんがつながってるの？」

設楽の声に不穏な気配が混じる。

ずりずりと身体をよじるように這《は》いずって出口へ向かった。

「平良！」

一瞬の間のあと、複数の激しい物音が重なった。靴裏が床を踏む音。それはあっという間に清居がいる部屋に辿《たど》り着いた。開かれたドアの向こうに平良が立っている。

「清居！」

抱き起こされ、平良の胸の中に包まれた途端に気が抜けた。

「清居、血が……」

平良が泣きそうな顔でのぞき込んでくる。鼻血まみれで腫れた顔なんて見られたくない。すぐに病院にいこうと清居を抱き上げようとする平良を、設楽が背後から蹴った。

「勝手なことをするな」

「清居になにをした」

見下ろす設楽を、平良がにらみ上げる。

「ちょっと殴ったくらいで騒ぐ——」

立ち上がった平良に殴り飛ばされ、設楽は背後の壁に派手に叩きつけられた。シャツの襟に手をかけ、さらに殴ろうとする平良の足を設楽が払った。平良は顔面から床に突っ込み、鼻血を出した。設楽が体勢を立て直し、平良の上に馬乗りになる。

「平良くん、安奈とどういう関係なの？」

「あんたに関係ないだろう」

「俺は安奈のファンだ」

「ファンなら、どうして安奈さんの友達を傷つけるんだ」

「友達？　男だろ？」

「安奈さんより、週刊誌を信じるのか？」

「……う、うるさい！」

設楽は馬乗りの体勢で平良の首に手をかけた。

「安奈を信じてたよ。信じようと思ってたし、桐谷までは許せたんだ。頭空っぽのアイドルが相手ってことにはがっかりしたけど、安奈は十代のころから仕事一筋だったから息抜きも必要だと思った。なのに桐谷のファンが格の違いもわきまえずに安奈を叩きまくりやがった。だから俺たちファンが安奈を支えてやらなきゃと思ってたよ。なのに……っ」

設楽が平良の首にかけた手に力を込めていく。

「安奈は反省もせずに、今度は若い顔だけのチャラチャラした新人と密会だ。どうせなにしてもファンは離れない、愛されて当然だと思ってるんだ、ふざけるな！」

設楽の目はどんどん血走っていく。平良の喉からぐうっとねじれた音が漏れる。このままじゃやばい。手も足も縛られた状態で必死でそばに這いずっていく。

「……勝手なことばかり……言うな！」

ぎりぎりと締め上げる設楽の手を、平良がつかんで引きはがした。跳ねるように身体を起こし、平良は自分の額を思い切り設楽の顔面にぶち当てた。ごつりと鈍い音がして、設楽がたまらず鼻を覆う。身体を丸めてうずくまる。鼻骨が折れたのかもしれない。

「相手を思い通りに動かしたくなったら、もうファンじゃないだろ」

呟き込みながら言う平良に、設楽が憎悪に顔を歪めた。

「思い通りにしようなんて思ってない。でも芸能人は夢を見せるのが仕事だろう。俺たちをがっかりさせない義務がある。その期待を裏切らないでほしいだけだ」

「勝手に期待して、勝手に裏切られた気になって、あんたのほうが勝手じゃないか」

「ファンはそういうものだろう」

「俺は期待なんてしない。清居がそこにいてくれるだけで幸せだ」

「お、俺だってそうだ。安奈だけが俺の存在証明なんだ」

「俺は清居がこの世に存在してくれるだけでいい。なんの証明もしてくれなくていい」

――ふたりとも頭がおかしい。

というのが正直な気持ちだった。顔面を血まみれにして向かい合う姿に、マネージャーがふたりをファンの二大巨頭と評したことを思い出した。しかし一歩も引かない構えの平良に比べると、設楽の目には迷いがある。

「……う、うるさい、うるさい！　気楽な学生になにがわかる。俺が安奈のためにどれだけのことを犠牲にしたと思う。安奈が出る映画もテレビも舞台も全部チェックして、どこにでも駆けつけられるように、正社員の口を蹴って工場の夜勤を選んだんだ。俺の生活は安奈、安奈、安奈、朝から晩まで安奈だ。俺は人生を安奈に捧げてるんだ。それを安奈はぐちゃぐちゃにして踏みにじった！」

「嫌になったなら、離れればいいじゃないか」

平良の言葉に、設楽が泣きそうに顔を歪めた。

「……好きだから、離れられない」

その言葉に、平良の目が揺れた。

「……なあ、平良くんならわかるだろう。安奈のぐいぐい引っぱる力。嫌なら離れればいい。そんなことわかってるんだ。でもできないんだ。安奈がそうさせないんだ」

設楽の目の縁に涙がたまっていく。大量の仲間の死骸を見せつけられて、なお誘蛾灯《ゆうがとう》に引き寄せられる真夏の羽虫のように無力な姿だった。平良が苦しそうに眉をひそめる。

「……わかるよ」

設楽の顔にわずかな光が差した。

「わかるけど、でも駄目だよ。絶対に駄目だ。苦しすぎて相手を殺したくなったら、その前に自分が死ねばいい。相手を殺すよりずっと簡単だし、自分も楽だと思うよ」

そんな説得があるかとあきれた。人を殺しそうになっている人間を止めるために、自殺を勧めるやつを初めて見た。鬼か。なのに鬼畜な平良の言葉はどんな謎ルートを辿ったのか、設楽の胸に届いたようだった。血走った目に理性が戻りかけている。

「でも……死ぬのは怖い」

「うん、俺も怖いよ。たとえば清居を失くして、どれだけ絶望してもそう簡単には死ねないと思う。だから自分の気持ちひとつで、ずっと清居とつながっていられる方法を選ぶ」

「……？」

「ファンでいること」

「……なんだそれ」

「さっき設楽さん言ったじゃないか。芸能人は夢を売ってるって。ファンはそれを買ってるって。だったらずっと買い続けて、ずっと夢を見続ければいい。夢の中だったら、どんな妄想も思いのままだ。安奈さんと結婚することだって、子供作ることだってできるよ」

超絶気持ち悪い。そう思う一方、突き詰めれば、それがファンと芸能人の理想の関係かもしれないとも思う。完璧に閉じた環の中で、自分が見たい夢だけを見続ける。心を捧げれば捧げるほど、孤独さや絶望が増していく歪んだ理想郷だけれども。

「……清居くん」

ふと背後で声がした。

「……声を出さないで。後ろにいる」

安奈だった。畳に転がっている自分のすぐ後ろには隣の部屋がある。安奈は仕切りになっている襖《ふすま》の陰に隠れているようだ。

「じっとしてて。すぐにバンド切るから」

安奈の手が後手に縛られている清居の結束バンドにかかる。カッターかなにかでごりごり切断する感覚。襖に隠れて隙間から腕だけを伸ばしているのか、動きがぎこちない。

「安奈、やめろ。社長か警察に電話しろ」

小声で話した。設楽の注意は平良に向かっていてこちらの様子には気づいていない。

「社長たちにはもう電話で事情を話してある。すぐにきてくれると思う。でも平良くんがそんなの待てないってここに向かったから、わたしも急いで追いかけてきたの」

「馬鹿か。早く出てけ。見つかったらどうすんだ」

「……でも、わたしのファンがしでかしたことなんだよ」

安奈は涙声でカッターを動かす。ぐすっと鼻をすする音に設楽がこちらを向いた。じっとこちらを見つめたあと、大股で近づき、清居の背後の襖を全開にした。

「……安奈」

設楽が目を見開く。最初に浮かんだのは歓喜の表情だった。けれど安奈が清居を助けようとしていることに気づくと、瞬く間に濃い絶望の色が広がった。

「……なんだよ」

ぼそりとつぶやく。

「……なんだよ、なんだよ！　なんだよ！」

うつむいて両の拳をにぎりしめ、どしんどしんと足を踏み鳴らす。そしてぴたりとおとなしくなった。沈黙のあと、顔を上げた設楽にぞっとした。

「……もういい」

人の顔がこんなに変わるなんて知らなかった。目だけが刃物みたいに光っている。完全にキレた。設楽がポケットからなにかを取り出した。バタフライナイフだ。羽が広がるカチッという音。ゆっくりと近づいてくる。恐怖で身体が硬直して動かない。

目をつぶることもできない中で、平良が設楽に蹴りを入れて吹き飛ばした。設楽が汚れた畳に倒れこむ。けれど手にはまだナイフを持ったままだ。

「清居、逃げろ！」

しかし縛られたままで立ち上がることもできない。平良が清居を抱き上げ、向こうの部屋に連れていこうとする。その後ろで設楽がよろめきながら立ち上がる。

「平良くん、後ろ！」

安奈が悲鳴を上げる。

平良は咄嗟に清居を隣の部屋に投げるように放った。

「安奈さん、清居をつれて外に逃げろ」

「お、おまえも」

「俺はいいから、早く！」

「駄目だ、一緒に——」

「うるさい！　早くいけよ！」

すごい怒鳴り声だった。呆然《ぼうぜん》とする清居の目の前で、平良は襖を勢いよく閉めた。

——平良が、俺を、怒鳴りつけた？

──うるさいと言った？

「清居くん、早く行こう」

安奈が清居に肩を貸して立ち上がらせようとする。

「先に俺のバンドをほどけ」

「でも」

「頼む」

必死の目で見つめると、安奈が唇を噛み締めた。

「ごめん。そうだよね。好きな人置いて自分だけ逃げられないよね」

安奈が清居の手首の結束バンドにカッターを当てた。

その間にも、襖の向こうから平良と設楽の声が聞こえてくる。

「そこをどけ」

「どかない。清居に手を出すな」

「うるさい。安奈も清居奏も桐谷恵介もみんな殺してやる」

設楽の言葉のあと、短い沈黙が落ちた。

「……清居に手を出したら、俺がおまえを殺してやる」

初めて聞く、地を這うように低い平良の声にぞっとした。

ふたりぶんの呼吸音しか聞こえない。

一触即発の気配に心臓がどくどく脈打つ。早くバンドを切ってくれ。早く早くと祈る中、ぶつりとプラスチックが切れた。手が自由になる。続けて足首に安奈がカッターを当てる。

「いい。足は自分でやるから、おまえはもう逃げろ」

「嫌よ。わたしだけ逃げるなんて」

「ここまできてくれただけで充分だって。頼むから早くいってくれ」

「……すぐに助けを呼んでくる」

安奈は部屋の窓をまたいで逃げ、清居は足首を縛るバンドに刃を当てた。焦るあまり肌を切った。血が出る。痛くもない。それより早く平良の加勢にいかないと――。

隣からは、ふたりが激しくもみ合っている音が続いている。室内のあちこちにぶつかりあう音。なにか喚いているがふたりとも言葉になっていない。まるで獣の喧嘩《けんか》だ。

――早く、早く、設楽はナイフを持っている。

足首を縛めるバンドが切れた。ようやく自由になった身体で立ち上がったとき、一際大きな音が響いた。短いうめき声を最後に、隣の部屋が静かになった。

おそるおそる視線を移動させると、襖の下から赤い液体が流れてくるのが見えた。大きく心臓が脈打つ。襖を開け放つと、ふたりが重なるように畳に倒れていた。

「……平良？」

抱き上げて揺さぶるが、目を開けない。ふたりとも意識がなく、シャツの胸元から腹にかけて真っ赤に染まっている。そばにナイフが落ちている。

「……平良、おい、目開けろよ」

呼びかけながら、頭の中で重たく濁ったものがゆっくりと渦を巻いていく。聴覚や視覚がぐにゃぐにゃと歪んでいく。平良とちゃんと話したのはいつだっけと、なんの脈絡もなく思い出した。十日と少し前、平良と喧嘩をしたときだ。ちゃんと覚えている。

――おまえと一緒にいたくない。

硬くて大きな石で殴られたように感じた。まさか、あれが自分が平良に言った最後の言葉になるのだろうか。そんなことを考えている自分を冷静だと思った。どうしてこんなに冷静なのだろう。でもいいことだ。大丈夫とうなずくと、ひっと呼吸が引きつった。あれ？　息ができない。苦しい。吸い込んでいるのに空気が入ってこない。

苦しい。息がつまる。助けを求めるように平良にすがりついた。

理解なんてできなくてもいい。

自分以外に撮りたいものがあってもいい。

他の誰かと共有でもいいから、自分のそばにいろ。

平良がいないと自分は駄目になる。

「清居くん、離れて。救急車きたから」

いつに間にか社長が隣にいた。マネージャーや安奈もいる。救急隊員、紺の制服を着た警察官。みんなが自分から平良を取り上げようとする。必死に抵抗した。落ち着いてとか、大丈夫だとか、みんなが口々に言う。顔がぬるぬるする。自分は泣いているのだろうか。

いつも自分を押さえ込んでいる蓋が全開になって、抑制できない。

いつもこうだ。いつも、いつも、平良は自分をみっともなくさせる。

他の誰かではなく、平良だけが、自分をめちゃくちゃにする。

刺されたのは設楽で、あの血も設楽のものだった。

もみ合っているときに自分で自分を刺したらしいが命に別条はなく、意識が戻った今は警察から取り調べを受けている。設楽の容疑は拉致《らち》監禁、脅迫、傷害になるそうだ。目的はなにひとつ果たせず、自分で自分を刺して逮捕されるという間抜けな結末に終わった。

当然、平良も生きていた。設楽に押されたとき背後の柱に後頭部を打ちつけ、気を失っていただけだった。あえて記すなら、右手首を捻挫《ねんざ》したくらいだ。

念のために一泊してもらうが、明日には帰れると聞いたときは膝から崩れ落ちそうなほどの安堵《あんど》と、人生最大級の勘違いに存在ごと揮発したくなるほどの羞恥に襲われた。

平良と話をしたかったが、面会は叶わなかった。すぐに警察がきて、平良は一応怪我人なので病室、清居と安奈は参考人として署で事情を聞かれることになった。事情聴取が終わったころには夜も遅く、社長やマネージャーたちと一緒に夕飯を食べにいった。

「みんな無事で本当によかった。現場に入ったときは血の気が引いたけど」

円卓に並んだ中華料理を前に、社長がほっと安堵の息を吐いた。

平良を抱きしめたまま、鼻血と涙と鼻水が混ざった顔面ぐちゃぐちゃの清居を見たとき、社長は清居の芸能人生命の危機を感じたという。鼻血を拭き取ってしまえば、わずかに頬が腫れている程度だったので仕事には支障が出ずにすんだけれど——。

「これから、こんな事件がどんどん増えていくんですかね」

マネージャーが疲労困憊《こんぱい》の体で円卓を回す。みんなが好きなことを思うままSNSで発信できる時代がきて、今までの芸能人とファンという関係は総崩れだと社長はぼやく。

「極端な愛情や悪意をぶつけられるのは芸能人の仕事のうちなんだけど、最近はエスカレートしてきて、どこまで受け止めればファンは満足するのかわからなくなってきたよね。芸能人って自分のありったけをぶつけても傷ひとつつかない、夜空のお星さまみたいな存在だって、今まではそういう認識の中で愛憎が渦巻いてたんだけど」

けれど今はファンが自分の言葉を直接芸能人に届ける方法、対する芸能人側も反論、そのときの本音をリアルタイムに吐露する術《すべ》を得てしまった。見上げるしかない星が、自分と同じ人間であると知れてしまった。その時点で、それまでの距離感は崩れる。

芸能人とファンに限ったことではない。普通の友人同士、恋人同士、同僚、上司部下、今まで見えなかった部分が可視化されることで、あらゆる人間関係が変わろうとしている。

中でも芸能人へのバッシングが顕著なのは、単純な数の論理だ。ひとりのスターに何万ものファン。ひとつひとつの発言は小さくても、集まると大きな意思になる。それはなにかのきっかけさえあれば、Tシャツを裏返すようにくるりと悪意に変わってしまう。

「こういう事件はこれからも増える一方だろうね。時代は逆行しない。だから僕たちもファンが悪いって切り捨てるんじゃなくて、ファンと一緒に新しいルールを作っていかなくちゃいけない。難しいだろうけど、もう一度お互い楽しくて綺麗《きれい》な夢を共有できる方法をさ」

社長の言葉に、みんななんとなく神妙な面持ちで料理を見つめた。

「……そうですよね。私、あの人のこと覚えてます。いつも出待ちしてくれてました。あんな熱心なファンをモンスターに変えたの、わたし自身かもしれないんですよね」

「安奈、自分を責めちゃ駄目だよ」

マネージャーが安奈を慰める中、清居は烏龍茶《ウーロンちゃ》を一息に飲み干した。

「なんで安奈が自分を責めてんだよ。俺は怒りしかないぞ」

全員の目が清居に集中した。

「熱心なファンがみんな犯罪をやらかすわけじゃない。全体論でふんわりまとめられて、特殊なケースにまで自分に非があるみたいに責任転嫁されるのはまっぴらだ。俺も安奈も自分の仕事はきちんとこなしてる。その上で、プライベートで恋愛したからってなにが悪いんだ。見せなくてもいい部分をすっぱ抜いて煽《あお》るマスコミが悪いんだろう」

「でも、マスコミだってそれが仕事なわけだし」

「そう、あいつらの仕事だ。なのになんで、いつもこっちにとばっちりがくる。設楽の夢を壊したのは、安奈じゃなくてマスコミだ。あいつら好き勝手に人の私生活さらして、こっちの人生斬《き》りにかかってくるくせに、自分たちはなんの責任も取らない。それが腹立つんだよ」

吐きすてるように言うと、社長たちも表情を改めた。

「いや、うん、でも確かにそうだよ。新しいやり方を見つけていくのとは別に、駄目なことは駄目と厳しく追及する姿勢も大事だ。もちろん、うちのタレントを傷つけるものとは徹底的に闘う。清居くんの鬼メンタルを見習わなくちゃ」

「もうマスコミがこの件を嗅ぎつけてるし、明日からまたすごい騒ぎでしょうね」

「まずは全力で安奈と清居くんをマスコミからガードしないとね」

社長は花椒《ホワジャオ》のきいた激辛麻婆豆腐《マーボー》を食べ、僕は負けないよーと火を噴いた。

「あ、けどまさか不審くんが清居くんの彼氏だったとはねえ」

社長が思い出したように言い、嫌な感じに胸が鳴った。

「ああ、それですよ。あのイケメン彼氏が不審くんと同一人物なんて！」

マネージャーが大きくうなずく。その話題はやめてほしい。さっきまでの強気が音を立てて崩れていく。聞こえないふりをするが追及は続く。

「ねえねえ、なんで隠してたの。正直に言ってくれればよかったのに」

——言えるわけないだろう。あんな不審者丸出しのやつが彼氏なんて。

「前に不審くんネタにしたとき怒ったの、やっぱ彼氏だったから？」

——当たり前だ。人の彼氏を点目のヒラメとか笑い者にしておいて。

「なんで不審くん、彼氏なのに清居くんの追っかけしてるの？」

——それは俺が知りたいくらいだ。

「ねえ清居くん、やっぱり平良くん紹介してくれない？　あの化けっぷりはすごいよ。前から俳優顔だなって思ってたけど、今回のことで確信した。あの子は俳優に向いてる」

「無理です」

「なんで？」

「あいつはカメラマン志望です。もう野口さんに師事してる」

するとと社長とマネージャーが驚いた。クオリティだけを追求し、それ以外は超どうでもいいというスタンスの野口が、最近囲い込んでいるアシスタントの噂を聞いていたようだ。

「野口くんに見込まれるなんて、不審くんそんなに前途有望なの？」

「さあ、どうですかね」

前途有望な平良が撮りたい被写体の中に、自分は入っていない。不機嫌全開な清居の様子にまずいと思ったのか、社長やマネージャーはそれとなく話題を変えた。大手プロダクションの社長が愛人と刃傷沙汰《にんじょうざた》になったとか、人気アイドルの移籍問題で芸能界のドンが重い腰を上げたとか、噂話に興じる社長とマネージャーを横に、安奈が小声で話しかけてきた。

「清居くん、わたし、前に言ったこと訂正する」

「なに」

「前に言い合いになったときのこと。清居くんは心の痛みを知らないって」

「ああ、あれな」

――役者にメンタルの強さは必要だけど、清居くんは強すぎて弱い人の気持ちを理解できないんだよ。心の痛みを知らない人が、どうやって喜怒哀楽を演じられるの？

あれは清居の深い部分に刺さったまま、未だに抜き方がわからないでいる。

「あのときに言ったこと、取り消す。ごめん。清居くんが痛みを知らないなんて、とんでもない誤解だった。あんな取り乱した清居くんを見たの初めてだった」

なんの話か、問わなくてもわかる。じわりと頬が熱を持っていく。

「泣きながら平良くんの名前呼んでたよ」

「覚えてない」

すいと顔を背けた。耳まで熱いのが腹立たしい。

「パニックになって、鼻血と鼻水と涙で顔ぐちゃぐちゃだった。あのときの清居くんは鬼メンタルのキングでも輝く星でもなかった。彼氏にベタ惚れの普通の男の子だった」

ふふっと笑われ、うるせえよとさえぎった。先輩に向かってうるせえはないでしょと安奈がまた笑う。もうしかめっ面でそっぽを向いているしかない。

「あれを仕事で出せたら、本当にもう無敵だね」

安奈は言い、これおいしいねと鶏のカシューナッツ炒めを口に入れた。

食事のあと、マネージャーに送ってもらってマンションに戻った。家に帰ると本当に疲れていることを身体が思い出し、真っ暗な寝室のベッドに倒れこんだ。

平良は明日には退院できるが、迎えにはいけない。事件のことはもちろん平良の親にも連絡がいっていて、清居たちが事情聴取にいったのと入れ違いに母親がきたはずだ。事務的な手続きは母親がやり、平良はそのまま実家に帰る。もともと別居中だった。

——どうしよう。逢いたすぎる。

のろのろと身体を起こし、風呂場にいった。浴槽の縁にのっている黄色いアヒル隊長を乱暴につかんで寝室に戻り、またベッドに倒れこんだ。ぎゅっと胸に抱く。けれどこんな人形が平良の代わりになるものか。自分で持ってきたくせに人形を壁に投げつけた。

くそ、くそ、くそっ。自分にこんな思いをさせて、あいつはなにをのんきに病院のベッドで寝ているのだ。逢いたい。今すぐ逢って、ごめんねと言わせたい。怒りの勢いで起き上がり、猛然と家を飛び出した。

通りでタクシーを拾い、平良の病院へ向かった。夜間出入り口から入り、平良の病室を目指す。煌々《こうこう》と明るいナースステーションの前を身を低くして通り過ぎ、消灯後で暗い廊下をそろそろ進み、『平良』と札のかかった病室に忍び込んだ。

二人部屋だが、向かいのベッドには人がいない。足音を立てないようベッドに近づく。枕元のミニライトがついている。薄闇にとける平良の寝顔をのぞき込んだ。

「……平良」

息だけで名前を呼んでみた。

どんなに深く眠っていても、自分が呼んだら目を覚ませ。

どんなに深く傷ついていても、自分が呼んだら駆けつけろ。

じっと見つめていると、平良の目がゆっくりと開いていく。

「……神よ」

清居の姿を目に映し、平良はかすれ声でつぶやいた。

第一声がそれなのか。どんな目に遭っても歪みなく気持ち悪い男だった。

「神さまじゃない。俺だ」

腰を折り曲げて顔を寄せる。

「……こんな綺麗な夢を見せてくれて、神よ、ありがとうございます」

どうも寝ぼけているようだった。だったらと、そのまま顔を寄せてキスをした。舌を差し入れるとびくりと震え、平良は今度こそ完全に目を覚ました。

「き、清居?　な、な、なんでここに」

しっと人差し指を口に当てた。

「逢いにきた」

「俺に?」

「他に誰がいる」

平良は慌てて身体を起こそうとした。捻挫をしていることを忘れて右手をベッドに突いてしまい、はじかれたように手を離す。

「馬鹿、右手は使うな」

「つい」

「痛いか?」

痛いに決まってる。馬鹿な質問に平良は首を横に振った。

「痛くない。それより清居が無事でよかった」

口だけではない。清居を守るためなら、平良は自分の身など簡単に投げ出す。

薄暗がりでもわかる、自分を見つめる平良の目。自分の内側からじくじくと湧く熱に膿《う》んでいるような、他の誰とも違う、この目が自分を囚えて離さない。熱とも寒気ともいえないなにかに引き寄せられて、自分から平良にしがみついた。

「……清居、どうしたの？」

平良が遠慮がちに腰に手を回してくる。

「もっと」

「え？」

「もっと、ちゃんと抱きしめろ」

自分から縋っていることが信じられなかった。でも顔を見たくてたまらなかった。顔を見たら、触れたくてたまらなくなった。触れたら、抱きしめられたくてたまらなくなった。抱きしめられたら、ごめんねと謝らせることなどどうでもよくなった。

何度謝らせても、何度歯が疼《うず》くほど甘い言葉を捧げられても、どうせ最後の最後、自分の思い通りにはならない男だ。なのに最後の最後、自分のすべてを捧げてくるのもこの男だ。どちらに主導権があるのか、もうわからない。好きなだけじゃないし、苦しいだけでもない。腹は立つし、地団駄踏みたいし、同じくらい強く手放すものかと思う。

「……なんか、俺、もうぐちゃぐちゃだわ」

身を守るすべてを剝ぎ取られてしまった気分だった。平良からは、どうしていいのかわからないという戸惑いが伝わってくる。この愚図。

「おまえ、俺のこと怒鳴ったな」

設楽から自分を逃がそうと、ぐずる自分を平良が初めて怒鳴りつけた。

——うるさい！　早くいけよ！

初めて聞いた平良の怒鳴り声を思い出して、泣きたいような笑いたいようなどっちつかずな気持ちになる。以前、聞き分けがよすぎて歯がゆい平良に言ったことがある。

——俺が泣こうが喚こうが担ぎ上げて無理やりベッドに押し倒したり、嫌がる俺をめちゃくちゃに抱いたり、ちょっと人には言えないプレイとかしたくならないのか。

ちゃんちゃらおかしい。平良がどんな男よりもオレ様なことを嫌というほど知っていたくせに、自分は馬鹿だ。清居を抱きしめる平良の腕に、わずかに力がこもった。

「ごめん。でも、ああいうことがあったらまた怒鳴る」

平良ははっきり言った。

「清居を守るためなら、百回だって千回だって怒鳴る」

そうか。そうだろう。こいつはそうするだろう。もう降参だ。

「……ん、わかった」

平良の腕の中で顔を上げた。

「おまえは俺を怒鳴っていい。きもうざ思考で俺を振り回していい。俺を好きにしていい。その代わり、俺から絶対離れるなよ。俺が嫌だって言ってもそばにいろ」

平良は信じられないという顔をした。

「それだけ約束するなら、おまえに、俺を、全部やる」

正面から視線を合わせると、平良の顔が夜目にも赤く染まっていく。

「……き、き、き、きっ」

名前を呼ぶことすらできず、平良の腕にどんどん力が入る。このまま抱き潰されそうだ。それもいい。もっと強くしてほしい。じわりと腰骨のあたりで熱が生まれた。

——あ、やばい。今、すっげえしたい。

身体の芯から、つらいほどの熱が湧いてくる。足の中心がわずかに形を変えている。気持ちの盛り上がりが下半身に直結する男の身体構造が恨めしい。

これ以上くっついていたら、本当に歯止めが利かなくなりそうだ。身体を離すと、平良がベッドから下りた。左手で清居の手を取り、大股で病室を出ていこうとする。

「おい、どこいくんだよ」

「帰る」

目を見開いた。

「馬鹿、おまえ入院して——」

すべて言う前に抱きしめられた。

「今すぐ、死ぬほど、清居としたい」

耳元に平良の唇が当たり、背骨がぐにゃりと歪むような錯覚に陥った。

もう駄目だ。やっぱり平良だけが自分を骨抜きにする。

タクシーでマンションに帰って、灯りもつけずに寝室にもつれ込んだ。

興奮しすぎていて、キスと呼吸を両立させるのが難しい。耳裏からうなじあたり、太い血管がある場所がどくどく脈打っている。体内の圧がどんどん上がって息苦しい。

唇を合わせながら、お互いに服を脱いでいく。平良《ひら》がもたついている。右手が使えないことを思い出し、病院のださいパジャマを雑に脱がしてやった。

「平良、早く」

自分から手と足を絡めた。密着した肌は眩暈《めまい》がするほど熱い。

「……清居《きよい》」

息を弾ませながら、平良の指先が胸の先に触れてくる。そこはひどく敏感で、軽く円を描かれるだけで硬くなってしまう。小さな突起に舌が伸びてくる。

「……ん、うっ」

舌と指で左右を不規則にいじられ、予兆のような快感が下腹に向けて広がっていく。最初は刺激されてもむずがゆいだけだった場所は、平良と抱き合うようになってから感度を上げてしまい、下手するとそこだけで達してしまうほどになった。

「……も、やば……い」

久しぶりの行為に、簡単に高みに持ち上げられる。嫌だ。いくなら、ちゃんと平良とつながっていきたい。なのにこらえきれない。すぐそこに見えている快感を拒めない。

「……あ、あ……っ」

舌先で弾かれた瞬間、達してしまった。重なった身体の間で熱い液体を吹き出しながら、夢中で舌を絡め合った。唾液と一緒に、甘ったるくねだる言葉がこぼれる。

「なあ、も……早くしよ」

懇願する声は、恥ずかしいほど蕩《とろ》けている。急かすように腰を押しつけると、平良が潤滑剤が入っているサイドチェストに手を伸ばした。動きがぎこちない。

「いい、手、使うな」

そう言い、ごろりと反転して体勢を入れ替えた。さっきまで見上げていた平良を、今度は見下ろす恰好になる。セックスのとき、この体勢になったのは初めてだ。

「清居、大丈夫だよ。できるから」

「いい、自分でする」

平良をまたぐ恰好で、取り出した潤滑剤を手のひらにとろりと流す。ぬるぬるとすべる自分の手で背後に触れる。ゆっくりと指を入れていく。

「……っ」

ひどく熱かった。最初の抵抗をやり過ごすと、あとはもう奥へ奥へと引き込むような動きに変わる。何度も平良を受け入れて、性器への刺激だけでは足りない身体に変えられた。

ゆっくりと指を動かしてほぐしていく。どこが感じるかもう知っている。性器の裏側の浅い場所。そこに触れるたび、びくびくと腰が揺れる。

薄闇の中で、平良が息を弾ませて自分を見ている。じりじりと肌が焦げるような羞恥。それは興奮に変わり、ブレーキの壊れた車に乗せられているみたいに、もっといやらしいことをしたくなる。平良の膝あたりまでずるずると後退して、身体を前に倒した。

目の前には張り詰めた平良のものがある。

「……き、清居？」

平良がまさかの事態にうろたえる。構わず顔を寄せていく。唇が先走りをこぼす先端に触れた。ぬるりとした感触。ためらわず、密着させるように唇で蓋をしていく。

「うわ……っ」

頭の上で平良がうめいた。駄目だと言いたいのだろうが、動揺しすぎてほとんど言葉になっていない。けれど身体は正直だ。含んだものが一段と張りを増した。

いつも平良からされるばかりで、自分がするのは初めてだった。けれど同じ男なので感じる場所はわかる。下から上に舐《な》め上げ、くびれの部分を舌でなぞる。普段はきつく締められている理性のネジが吹き飛んだみたいに夢中になる。ぴちゃぴちゃといやらしい水音を聞きながら舌を動かす中、ふいに視界が明るくなった。驚いて口を離す。

「……ごめん、駄目？」

平良がスタンドの灯りをつけたのだ。平良の息遣いはひどく荒く、表情は興奮しきって目がぎらぎらしている。行為の最中だけ垣間見える雄全開の様子に煽《あお》られた。

「好きなだけ見ろよ」

目を合わせたまま、ふたたび平良のものに唇を寄せていく。清居がペニスを飲み込んでいく様を、平良はまばたきもせずに見つめている。視線に煽られて、指を受け入れている後ろが切なく疼《うず》く。平良が身体を起こし、清居の胸元に伸ばしてくる。

「……っ、あ」

尖《とが》りきった乳首に触れられ、びくりと腰が反った。

「やめ……してる最中だから、あ、ああっ」

赤くふくらんだ先を無骨な指でこするように円を描かれ、指を飲み込んでいる場所がきゅうっとしまる。身体を揺すって逃げようとしても、乳首への刺激はやまない。みるみる追い詰められ、意識を逃がすように背後の指を増やした。それは逆効果で、蕩けきっているそこがもっともっとねだるように指を食いしめてくる。

「ん、あ、あぁっ」

断続的に襲ってくる射精感をやりすごすために口淫に力が入った。平良の先端からあふれる先走りが量を増し、唾液とまじって口内がひどくぬめる。
「……清居、もう……出る」
荒い息をこらえながら平良が限界を訴える。けれどやめたくなかった。さらに口淫を深める
と、平良が自分の頭をはさんだ。引きはがされそうになったので抵抗した。
「き、清居、駄目だって、ほんとにもう……あ……」
糸が切れたようなつぶやきのあと、平良のものが大きく脈打った。生温かい液体が勢いよく
流れ込んでくる。短い間隔で繰り返される放出。それをすべて口内に受け止めて、こぼさない
よう唇をすぼめてゆっくりと引き抜いていった。
「……はっ、はっ、……きよ、清居、ごめ……ごめん」
射精の余韻で平良の顔は真っ赤に火照っていて、顔中に汗をかいている。
「吐いて、全部、吐いて」
身体を起こした平良が両手を受け皿のように差し出してくる。ああ、吐き出したい。こんな
気持ち悪いもの。なのに涙目で平良を見つめ、ごくりと飲み込んだ。
かすかに喉が鳴る。上下する喉仏。
息をすると、舌の上で味がリアルに組み立てられた。
ぬるついた感覚。しょっぱいような、苦いような、生臭いような。ひどくまずい。違う。う
まいとかまずいとか、そういう味覚の俎上《そじょう》に上げたくない。これは食いものではない。本能が

ジャッジする。なのに満足だった。おかしい。もうわけがわからない。

「うえっ、まずい」

涙目で舌を出すと、平良は呆然《ぼうぜん》とした。こめかみをぴくぴく引きつらせたあと、ぐうっと思い切り顔を歪《ゆが》める。突き上げてくる感情を我慢している顔。

「……清居」

「すげえまずい。けど許す」

これは平良の味だ。唯一、自分をめちゃくちゃにする権利を持った男の味だ。うまいまずいなんて瑣末《さまつ》なことだ。今は平良の全部がほしい。丸ごとほしい。

「……平良」

平良に倒れこんで、頭ごと抱きしめてキスをした。なあ、なんで、なんでと繰り返した。なにを聞いているのか、自分でもよくわかっていない。

「俺、おまえのこと、すげえ好きみたい」

言いながら、夢中で舌を絡めあった。自分の精液の味がするだろう舌を、平良はためらうことなく吸った。きつく抱きしめられる。でも全然足りない。

「なあ平良、おまえのしたいこと、今夜は全部しよう」

舌を絡めたままなので、つたないしゃべり方になった。

「む、無理、これ以上したら殺される」

「誰に」

「神さま」

「関係あるか」

熱にまみれた息と唾液を交換しながら、腹を減らした動物みたいにキスしまくった。

「なあ、俺になにしてほしい？　おまえはどうしたい？」

言ってくれないと、欲してくれないと、自分がおさまらない。望まれることで自分が満足したい。与えたいという欲望の中に自分の欲も入っている。まるで入れ子細工だ。

「なあ、言えってば。言わないと怒るぞ」

舌を絡めながら、脅すみたいに聞いてみた。

ためらいに引きしぼられた眉のまま、平良がようやく口を開いた。

「清居と……してるところが見たい」

「そんなん、いつも見てるだろ」

「もっと、客観的に見たい」

意味がわからなかった。

「鏡の前でしたい」

さすがに我に返った。鏡？　鏡の前でセックスするのか？

「駄目ならいい。これで充分だから」

そう言われた途端、どうしても『それ』がしたくなった。自分が言えと言ったのだ。自分に対してなにも望まない平良が望んだのだ。

「……いいよ。しよ」

平良の上からどき、乱暴に左手を引っ張って平良を起こした。

「え、い、いいの？」

自分から言いだしたくせに、平良は戸惑いを見せた。ヘタレめ。

「ほら、いくぞ」

壁に立てかけてある鏡の前に引っ張っていく。けれどここからどうするのだろう。やっぱりやめればよかったかもと考えていると、遠慮がちに手を引かれた。

平良が床に腰を下ろし、引きずられるように座り込む。向かい合う形になると、できれば反対向きでと言われた。言われた通り、背中を見せる形で平良の膝に腰を下ろす。

正面の鏡に自分の裸体が映っていて、反射的に目を逸らした。

「清居、鏡、見て？」

「……やだ」

「すごく綺麗《きれい》なのに」

うっとりとした囁《ささや》き。うなじにくちづけられ、背筋がぞくりとした。平良の手が脇腹を辿《たど》り、散々いじられて熱を持っている胸の先に触れてくる。

「足、開いて」

首を横に振った。

「じゃあ、このままで」

平良がおとなしく引き下がる。ああ、くそ。簡単に引き下がるな。強引にでもしてくれればこちらも恰好がつくのに。唇を嚙《か》み締め、固く閉じていた膝をゆるめた。

鏡をみないよう、じりじりと左右に足を開いていく。平良の目にはどんな自分が映っているのか。想像するだけで羞恥で皮膚がちりつく。

「……っ」

中心で勃《た》ち上がっているものに触れられ、反射的に膝を閉じた。

「閉じないで」

耳元で囁かれ、もう泣きそうになった。ひどい恰好のまま、やんわりと上下にこすられ、かすかに濡《ぬ》れた音が響いた。先走りがあふれて、手の動きに合わせて音を立てる。さっき出したばかりなのに、こんなにこぼれることが信じられない。

「すごい。いつもより多い」

いやらしいことをされて興奮している自分を知られてしまった。

「うるさ……、あっ」

腰を持ち上げられ、背後に平良のものをあてがわれた。熱い肉の先端は先走りでぬるついていて、軽くこすりつけられるだけでぞくぞくする。

「入っていい？」

おあずけを食らい続けた犬みたいに、ひどく息を乱しながら聞いてくる。ここまでしておいて、いちいち確認を取ってくる男が焦れったくてたまらなくなった。

「……いいから、もう、早く」

許諾を与える立場なのに、声はぐずぐずに蕩けていた。腰が沈んでいき、硬くて熱い先端がせまい場所を押し開いていく。息が詰まる。苦しい。なのに気持ちいい。

「……んっ、あ、あ、あっ」

途中で声がひっくり返った。体勢が違うせいか、いつもよりもずっと深い場所まで入ってくる。予想外のことに怖さが生まれる中、ようやく動きが止まった。

「……清居、鏡、見て」

行き過ぎた場所でつながったまま、平良が耳たぶにくちづけてくる。熱い息がかかる。それだけで肌が甘く粟立った。しゃべるな。拒むように首を振る。

「どうしよう。見てるだけで、いきそう」

密着した肌の隙間から平良の汗の香りがする。ああ、やばい。頭がぼんやりして、力が抜けていく。のろのろと顔を正面に戻し、薄く目を開けた。大きく開いた足の間、平良のものを受け入れている姿はひどく生々しくて、全身にじわりと羞恥の汗がにじんでいく。

「……これ、やっぱ嫌だ」

うつむいて、首を横に振って拒絶を示す。そのくせ勃ち上がったものはねだるように先走りをこぼしていて、あっけなく言葉を裏切っている。居たたまれなさと快楽がせめぎ合って、どうしていいかわからない。涙目を上げると、不意打ちでどきりとさせられた。

鏡越し、目が合っているというのに、平良の目はぴくりとも揺れない。興奮しきっているのに、目に映るものすべてを克明に捉えようとしているかのように鋭い。いつもカメラに隠れて見えなかったけれど、ファインダーをのぞく平良の目はこんな色をしていたのだろうか。

自分の目で、目の前にあるものを暴きたい。

ストレートな欲望を隠さない目に、自分の中のなにかがぐんと跳ね上がった。支配されている感覚にどうしようもなく飲み込まれていく。もっと恥ずかしいことをされたい。めちゃくちゃにされたい。他の男には死んでも許さない。平良にだけ、されたい。

裏返されたシャツのように、普段の優位性を簡単に逆転された。

眩暈がするほどの解放感だった。

「……平良」

コンデンスミルクみたいに、呼びかける声が甘ったるく糸を引いている。

「……なあ、して。早く……動いて……」

首をひねってくちづけをねだった。舌を絡め、唾液ごと吸い上げる。

ゆるい突き上げがはじまると、頭のてっぺんから足先まで痺れた。

初めての体位なので、お互いうまく動けない。不器用に中をえぐられる。ほしいところを微妙に外され、もどかしさが欲望ばかりを加速させる。

「……あ、あ、もっと……、平良、もっと……」

快感が坂道を転がるようにふくらんで、がまんできずにこぼれた先走りがつながっている場所まで濡らしていく。徐々に動きのタイミングが合いはじめる。平良と密着している部分が汗でじっとりと貼りついて、自分たちを包む空気もどんどん湿度を増していく。

鏡には、淫らに足を開いて揺らされている自分の姿が映っている。

たまらないほど恥ずかしく、たまらないほど気持ちいい。

「……っ、ん、あ、あ、いく、も、いく……っ」

膝裏を持ち上げられ、さらに大きく足を開かされた。

つながっている場所が克明に見えてしまい、嫌だと首を横に振った。

射精しようとする清居の姿を平良がしっかりと見ている。

「や、やだ、見るな、見る……あ、ああっ」

全身の血がそこに集まるような感覚のあと、どくりと先端から白い液が飛び散った。硬直したまま、震えながら達する身体を強く抱きしめられる。

「……清居、好きだ、めちゃくちゃ好きだ……」

平良の顔は熱に浮かされたように真っ赤で、頭から水をかぶったようにびしょびしょに濡れている。射精している間も、終わったあとも、ずっとゆるく突き上げられている。

「ま、待……っ、止ま……あ、ああっ」

逃れようと前傾する身体を腕一本で引き止められる。

「ごめん、もう少しだから」

「や、や、やだ、今は無理……っ、平良……っ」

神経が焼き切れそうに感じる中、腹の奥に熱い迸《ほとばし》りを感じた。つながっている場所で、平良のものがびくびくと脈打っている。中に出されている。

快感はもうコップの縁ぎりぎりで、なのにもっと注がれる。注がれて、注がれて、それが涙になってぶわりとあふれた。驚いた。なにも悲しくなんかないのに、どうして涙が出るんだろう。動物みたいな結合が、正体不明の多幸感を連れてくる。

「ごめん、清居、ごめん、ごめん」

しゃくりあげている清居に、我に返った平良が慌てて謝ってくる。馬鹿野郎、今さら謝られても遅い。もうめちゃくちゃだ。涙で滲《にじ》みまくっている鏡越し、平良を見つめた。

「……キス」

「え？」

「……キス、しろ」

首をひねって平良に顔を寄せた。汗に濡れた唇がおそるおそる触れてくる。

「……しょっぱい」

「ごめん」

「……もっと」

不恰好に唇を突き出した。涙はまだ止まらない。意味がわからない。ただ、離れたくなかった。これ以上なく身体をつないだあとなのに、もっと、もっと、もっとくっついていたい。

「……痕」

「ん？」

「痕、つけて」

平良がわずかに目を見開く。

「いいの？」

「いい」

仕事柄、いつもはけっして痕がつくようなキスはさせないし、平良もしない。

「どこに？」

「どこでもいい、たくさん」

そう言うと、平良が首筋に唇を寄せてきた。きつく吸われる感覚にぞくぞくする。全身に悦びが広がる。もっとと言うと、反対側の首筋にくちづけられた。赤い刻印。所有の証。他の男には死んでもさせるものか。平良にしかさせない。平良だけだ。

「……清居、好きだ」

感極まったように抱きしめられた。清居の肩に顔を伏せて動かない。

「……もう、死んでもいい」

ぐしゃぐしゃに歪んだ声での告白に、馬鹿かと返した。

この男に死なれては困る。困って、困って、困って、多分、自分は駄目になる。


カーテンの向こうがうっすら明るみ出しても、ずっと眠れずに起きていた。何度もつながって身体は水を吸った綿のように重いのに、心がまだ足りりながっている。

平良は普段から無口なほうで、自分もぺらぺらしゃべるタイプではない。だから言葉は特にないまま、キスをしたり、手をつないだり、足をからめたり、腕枕をしたり、されたり、肘や膝を触れ合わせ、離し、またくっつけたりしていた。

だらだら。ゆるゆる。惚《ほ》れた男と至福の時間を過ごしていると、床に脱ぎ散らかした清居の服の中でスマホが鳴った。うるさい。邪魔をするな。無視。けれどしつこく鳴る。

「清居、電話」

「いい。こんな時間に」

「こんな時間だから出たほうがいい。誰か死んだのかもしれない」

「いきなり不吉なことを言うな」

しかし非常識な時間にかけてくるのだから、非常識な理由があるのだと思い直した。床に手を伸ばし、ジャケットのポケットからスマホを取り出して確認する。社長からだった。

「悪い。ちょっとかけ直してくる」

こんな時間にかかってくるなんて初めてだ。社長にリダイヤルをしながら、喉も渇いたので台所に水を取りにいった。社長にはすぐつながった。

「おはようございます。清居です。電話なんでした」

『朝からごめんね。不審くん、そこにいる？』

「え？　いますけど」

するとよかったーと大きく溜息をつかれた。

『さっき不審くんの親から電話がかかってきて、不審くんが病院から消えたって』

「あ、やべ」

平良が脱走の身の上だということをすっかり忘れていた。

『やべ、じゃないよ。看護師さんが夜中に巡回にいったら不審くんがいなくて、慌てて親御さんに連絡がいって、すぐに電話したけど不審くんの携帯は病室に残されたままだし、菜穂《なほ》さん経由で清居くんと連絡取れる僕に電話をかけてきたんだよ。あんな事件のあとだったから、もう少しで警察沙汰《ざた》になるところだったんだよ』

「すみません。すぐ親と病院に連絡させます」

『あ、ちょっと待った。ついでだから伝えるけど、昨日の夜、上田《うえだ》さんから今度の舞台のオーディションに清居くんはきてくれるのかって確認が入った。予定がないならぜひって』

以前から清居がぜひ出演したいと願い、振られ続けていた舞台演出家だった。

「すごく嬉《うれ》しいですけど、なんでいきなり？」

『今回の騒ぎで話題性が見込めると踏んだんだろうね。昨日の事件はもうマスコミに回ってるし、親しくしてる記者から聞いたんだと思う。今朝のスポーツ新聞もワイドショーも大きく取り上げるから、その前に唾つけとこうって腹だよ』

実力が認められたわけではないのかと落胆したが、そんな理由でしか興味を持たれないのは自分の力不足だ。だったらそこは認めて、あとで吠え面かかせてやると誓った。

『じゃあ、とりあえず不審くんにちゃんと伝えてね』

電話を切ると、甘い余韻は見事に吹き飛んでいた。戦闘モードな気分で寝室に戻ると、平良はなぜか昨日清居が壁に投げつけたアヒル隊長を手にしていた。

「隊長、なぜ寝室に？」

両手のひらに乗せたアヒル隊長に向かって、平良が首をかしげている。

「人形に話しかけるな、きもい」

寝室に入ると、平良はアヒル隊長を手にしたままこちらを見た。

「清居、隊長がなぜ寝室に？」

「……それは」

平良に逢いたくて、逢いたくて、つい平良の身代わりにと風呂場から持ってきた。けれどたかが人形が惚れた男の代わりになどなるはずがなく、癇癪《かんしゃく》を起こして壁に投げつけた――などとは口が裂けても言えない。

「知らね」

ぷいと顔を背けた。

平良はじっとアヒル隊長を見つめ、ふうと吐息した。

「俺がいない間、清居を守ってくれてたのかな」

ぼそぼそとアヒル隊長にしゃべりかけている。こいつやべえと戦慄《せんりつ》を覚えつつ、妙に信頼感あふれる両者の光景に、いやいや、そいつはまったく役に立ってないしと腹が立った。

「ところで社長さん、なんだった？」

問われ、そうだったと思い出した。

「病院から抜け出したことがばれて、おまえの親が心配してる。おまえ、病室にスマホ置いてきただろう。信じられないな。財布以上に大事なもんだぞ。おまえ本当に現代人か？」

「失くして困るものなんて、なにも入ってないよ」

便利さを利用しているようで依存している現代人としては、あっさりと言い切る平良が妙に恰好よく映った。手にアヒル隊長を持っていることが残念でしかたない。

とにかく親に連絡しろと自分のスマホを渡した。平良が電話をかけている間、風呂に湯を張った。バスタブの縁に腰かけてたまるのを待っていると、平良が風呂場をのぞきにきた。手にはまだアヒル隊長を持っている。

「おう、どうだった」

「すごく怒られた。すぐマンションに迎えにいくって」

手に手を取って逃亡し、最高に気持ちいいことをしまくった翌日に相手の親と顔を合わせるのはつらい。逃げようかと思ったが、断ったからと言われて安堵《あんど》した。

「母さんが退院手続きしに病院に向かってるから、俺も一旦戻るよ」

「戻っても退院するだけなのに？」

「迷惑をかけたんだから謝りに戻りなさいって言われた」

「まあ、そうか。けど風呂くらい入ってけよ」

昨日からの行為で、汗やそれ以外のもので身体中べたべただ。

「髪、洗ってやるよ」

「いいよ、そんな」

「右手、使えねえだろう？」

清居は平良からアヒル人形を取り上げた。平良があっという顔をする。放り投げてやろうかと思ったが、こんなものでも平良の腹心らしいのでやめた。代わりに、もわもわと湯気を上げる湯にそっと浮かばせてやった。アヒルはゆらゆら揺れている。

ありがとうと平良が礼を言う。

「アヒル隊長はずっと汚水を流れてたから、湯に置いてもらえて嬉しいと思う」

なんだそれは。意味がわからない。きもい。しかし——。

「もう、しかたないな」

「え？」

なんでもないと自分から平良の首に腕を回した。じっと目で訴えると、おずおずと平良が腰を抱き寄せてくる。してほしいことが正しく伝わった満足と共にくちづけた。

「……清居、すごく好きだ」

「ああ、俺もだ」

何度も何度もくちづけた。そうだ、もうしかたない。こんな気持ち悪い男に惚れたのは自分で、好きで、好きで、もう、全部、しかたない。

エピローグ

設楽《したら》の起こした事件は、翌日からトップニュースとして取り上げられた。

若手人気女優と国民的アイドルの熱愛騒動からはじまり、狂信的なファンが引き起こした密会相手の拉致《らち》監禁事件は、いきすぎた週刊誌のさらし記事や発達しすぎたＳＮＳの弊害という面も含めて、一般層も食いつく社会問題として連日大きく報道された。

皮肉にも、犯罪にまで発展した反動で、清居《きよい》たちへのバッシングは完全に止んだ。独身の男女が恋愛をするのは普通のこと、赤の他人が目くじらを立てるほうがおかしいという、ごく当たり前の方向にようやく向いてくれたのだ。

この件については平良《ひら》もずっと気をもんでいた。自分などなんの役にも立てないことが歯がゆく、清居を貶《おとし》めたテレビのコメンテーター、同調して茶化したアナウンサーや芸人といった連中は片っ端から架空のライフルで蜂の巣にしてやった。叩き記事を書いたライターの名前も心のデスノートにリストアップしてある。生涯忘れてなるものか。

残る問題は、安奈《あんな》の復帰だけと清居は言う。これだけの騒ぎになった以上、すっきりと桐谷《きりや》と交際宣言をさせたほうがいいと双方の事務所で意見が一致している。

当初はオーソドックスに桐谷とふたり、もしくは個別での記者会見が提案されたが、言葉は受け手側次第でいくらでもねじ曲げられてしまう。中には答えにくい質問をしてくる記者もいるだろう。かといって質問を封じてしまうと、それはそれで反発をくらう。

言葉を介在させるから誤解が生まれる。だったらいっそ、言葉を排してシンプルに事実だけを見せようと、文章なしのグラビアという方式が取られることに決まった。媒体は女性に人気のファッション雑誌で、カメラマンやスタイリストなどのチームも一流をそろえる。

「安奈と桐谷のグラビア、野口《のぐち》さん引き受けたのか？」

その日、夕飯の席に着くと清居から問われた。

「責任重大だし、野口さんはかなり渋ったみたいだけど。俺もアシスタントに入る」

「え、チーフアシスタントがいたろう？」

「今回は俺だけみたい」

香田《こうだ》の予定は空いていたのに、野口はわざわざ平良にのみアシスタントに入るよう指示してきた。理由がわからず、さすが秘蔵っ子と香田からは嫌味を言われた。

「……ふうん、おまえだけか」

清居の眉根が微妙に寄っている。

「野口さんて、やたらおまえをかわいがってるよな」

意味ありげにちらりと見られた。確かに目をかけてもらっていると思うが、そうだねとうなずくのも調子にのっているようではばかられる。一介の学生にありがたいと思う反面、理由がわからないので落ち着かない。無口で陰気な子供時代を経て、自分が教師や先輩といった年上からかわいがられるタイプではないことは知っている。

「おまえを狙ってるんじゃないだろうな」

「狙う？」

「ゲイって可能性はないか」

ぽかんとした。突拍子がなさすぎて反応に困っていると、清居もさすがにそれはないかと引っ込めた。けれど万が一ということもあるから気をつけろと言った。

「気をつけるって？」

「夜はふたりきりにならないようにするとか」

「女の子じゃないんだから」

思わず笑ってしまったが、いいから気をつけろと怖い顔で言われたので、はいとうなずいた。どんなに馬鹿馬鹿しくても、清居の言いつけは絶対だ。

「ところで、清居のほうはなにかあった？」

さりげなくたずねると、清居の表情がふと変わった。

実を言うと、ずっとたずねるタイミングを計っていたのだ。

今日、帰宅した清居は機嫌がよかった。清居は普段クールだが、なにかいいことがあったときは表情はそのまま、ちょっとした行動に違いが表れる。

たとえば、夕飯を作っている平良に今日はなにと聞いてきたり（普段の清居はメニューを聞いてこない）、箸とグラスをテーブルにセットしてくれたり（普段の清居はお手伝いをしない）、食卓に先に座って待っていたり（普段の清居は呼ぶまでソファでごろごろしている）など、とにかくいつもと違い、なにかいいことがあったようだった。しかしこちらがいかにも興味を持って問うとツンとしてしまうので、さりげなく問わなくてはいけない。

「別になにもないけど」

清居はそっけなく答えた。ここで、なんだ思い過ごしかと別の話に移ってはいけない。清居はご飯を食べ、お茶を飲み、ふっと一息ついてから口を開いた。

「来年、上田《うえだ》さんの舞台に出ることになったくらいだな」

きた――――っと心の中で万歳をした。清居の口角が微妙に持ち上がっている。喜びと自負が絶妙に混じり合った、かなり機嫌がいいときの表情だ。

「上田さんって、清居の好きな演出家だよね」

「ああ、こないだ上田さんから社長に電話が入って、今日オーディションにいってきた」

その人の舞台に今まで清居が何度も挑戦していたのは知っている。あまり思うようにはいっていなかったが、ついにやったのだ。さすが清居だ。というか、その演出家にようやく見る目が備わったのだ。いささか遅すぎだとは思うけれど、気づかないよりはずっといい。

「オーディションに誘われたのは、例の騒ぎで話題性を見込まれたおかげだけど」

その言葉に怒りが湧《わ》いた。なんて失礼な演出家だろうと、心のデスノートに追加で名前を刻んだが、清居はそんなことはよくあることだと平然としている。

「どれだけいい役者を揃えて、いい作品を作っても、興行成績を上げないと次回作はない。舞台なんて元々ペイしづらいコンテンツなんだから、話題性でキャストが組まれるなんてよくある話だ。逆に話題性優先の舞台のほうが多いくらいだ」

業界の事情はよくわからないが、それが清居にふさわしい待遇だとは思えなかった。

「だからって納得してるわけじゃないし、普通にムカついてた。けど最初から演技力には期待されてないってわかってるのがよかったのかもな。今日はすかっと開き直れた」

オーディションが終わったあと、上田がすごい勢いで追いかけてきた。清居の演技がイメージにドンピシャだったと言い、これはルール違反だけどと声をひそめ、もう清居に決めたから絶対にスケジュールを空けておいてくれと懇願されたという。

「すごい。さすが清居だ。本当にすごい」

感動しすぎると、なぜ語彙が死滅するのだろう。

「すごい役者さんはたまに役柄が降りてくるって言うね。憑依《ひょうい》っていうかインスピレーションっていうか、本当にすごい。凡人の俺にはそういうのは想像もつかない」

するとと清居はなんとも言えない顔をした。

「本当の変人は、たいがい自分を普通だと思ってるんだよな」

「え？」

「普通の人間が外すのに苦労するリミッターを、おまえは日常的にちょこちょこ外す」

意味がわからなくて首をかしげると、清居はなにもない壁を見つめた。

「安奈に言われたときから、ずっと考えてたんだ。どうしたら自分を解放できるのか。自分には無理かもと思った。でも、なんとなく外し方がわかった。今日、びっくりするくらい気持ちよかった。なんか酔っ払ってるみたいで、あんなのは初めてだった」

清居の言葉はよくわからなかった。けれど無理に理解しようとは思わない。天才であり、至高であるキングは理解できなくて当然なのだ。だからただ、目に映る清居を見つめた。昼間の興奮を蘇《よみがえ》らせているのか、清居の目元にはうっすらと紅が差している。

「多分、おまえのおかげなんだろうな」

そう言いながらも、清居はこちらを見ていない。自分の中を見つめている。

「涙と鼻水と鼻血で顔面ぐっちゃぐっちゃ。あんなみっともない姿を人前にさらしたんだ。あれを思い出したら、もうなにも恥ずかしくないし怖くない」

「それ、あのときのこと？」

清居は我に返ったようにこちらを見た。

「おまえは気絶してたから関係ない」

「……あ、うん、まあ」

曖昧にうなずきながら、あの騒ぎを思い出していた。

清居は気づいていないようだが、あのとき、自分はところどころ意識が戻っていた。薄い水の膜で隔てられているように清居の声が遠くから聞こえていた。聞いたことのない歪んだ声だった。泣いているのだとわかっても、信じられなかった。けれど事実、清居は泣きながら自分の名前を呼んでいたのだ。平良、平良と何度も。

――起きなくちゃ。

咄嗟《とっさ》にそう思った。清居に呼ばれたなら、それがどんな状況だろうと自分は応えなくてはいけない。底に底にと引きずり込まれていく意識を、清居の声が引っ張り上げる。

残り少ない力をかき集め、ゆっくりと目を開けた。

涙と鼻水でぐちゃぐちゃの清居の顔が目に飛び込んできた。

美しくなかった。

なのに、死ぬほど美しかった。

あの瞬間の清居を撮って残したかった。その願いは叶わず、すぐに視界がブラックアウトして閉じた。一瞬だった。だからこそ強烈に網膜に焼きついた清居の泣き顔。

清居と過ごすほど、失う恐怖がふくらんでいった。今も怖い。けれどあの清居を胸に秘めていれば、清居を失ったあとも生きていける気がしている。あれは自分だけの清居だ。

「なにうっとりしてんだ」

意識を戻すと、清居は眉をひそめていた。

「なんでもない」

自分が知っていることを、清居は知りたくないだろう。

しかし清居の表情はどんどん険しくなっていく。

「……おまえ、もしかして、目え覚めてたんじゃないだろうな」

思わずまばたきをしてしまい、それが肯定になった。

みるみる清居の顔が朱色に染まっていく。耳。首筋。すごい。人間は指先まで赤くすることができるのだ。無意識に隣の椅子に置いていたカメラに手を伸ばした。

「撮るな！　馬鹿！」

清居は立ち上がり、逃げるように寝室へと向かった。慌てて追いかける。

「清居、待って」

「カメラを持ってくるな」

「ごめん、撮らないから」

「うるさい！　向こう行け！」

平良の鼻先で寝室のドアは閉まってしまった。

その夜から二日間、清居は口をきいてくれなかった。

当日、安奈と桐谷の撮影は厳戒態勢の中で行われた。

撮影場所には、なんと菜穂《なほ》の家が選ばれた。安奈が一番つらかった時期に居場所を提供してくれた上に、家庭的な雰囲気で安奈を支えてくれた。ここなら安奈もリラックスできるのではないかという、清居の事務所の社長のアイデアだった。

突然の打診だったが、菜穂は快くＯＫした。もともと面倒見がよく、ボランティア精神にあふれた人だ。当日はスタッフに手作りの軽食やドリンクまで用意してくれて、こういう人でないと政治家の妻など務まらないのだろうなと納得した。

撮影は朝早くからはじまった。髪型も服もラフなまま、普段の素に近いスタイリングで、ライティングも必要最低限。ほぼ自然光で、ごく普通に休日を過ごす恋人同士のプライベートスナップというコンセプトで撮影は進んだ。

古いがよく手入れされた日本家屋。年季と懐かしさが漂う台所で朝食を作る安奈と桐谷。それを向かい合って食べるふたり。最初は緊張していたが、ふたり並んで食べ終わった皿を洗うころにはやわらかな笑顔になっていた。

「桐谷くん、お皿はちゃんとお尻も洗って」

水音に紛れた安奈の言葉に、桐谷が「尻？」と安奈の腰あたりに視線を投げる。

「お皿のだよ。どこ見てるの」

「皿に尻があるんだ？」

「あるんです。二十八年も生きてるのに信じられない」

どこにでもいそうな若い恋人同士の会話に、周りのスタッフが目を細める。皿が触れ合う音と蛇口から水が流れる音。きっと普段もこんな感じなのだろう。ふたりともスクリーンやテレビ画面越しではけっして見られない、くつろいだ表情をしている。

午後になり、スタッフも昼食休憩に入った。他のスタッフが駅前のファミリーレストランに向かう中、平良は野口に誘われて住宅街の中にある蕎麦屋《そばや》にいった。

「休憩終わったら、おまえも撮ってみるか」

蕎麦をすすりながら、野口がなんでもないことのように言った。

「なにをですか？」

「安奈と桐谷くんに決まってるだろ」

またいつもの冗談だろうと、はあ、いいですねと適当に答えた。

「冗談じゃないって。安奈と桐谷くんの事務所からOKはもらってる。おまえにも撮らせる条件で今回の仕事を引き受けたんだ。まあ本番で使うかはわからんけど」

なんだそれはと戸惑った。事務所にまで了承をもらうとか、それを条件に引き受けたとか尋常じゃない。以前からよくしてもらっているとは感じていたが、これは師匠と弟子の範疇《はんちゅう》を超えている。もしかしてと平良は目を見開いた。

「……やっぱりゲイ?」

「あ?」

「野口さん、まさか俺のことを狙ってるんですか?」

顔を引きつらせると、アホかとテーブルの下で足を蹴られたので安堵した。野口が鞄《かばん》からなにかを取り出す。アルバムだ。それもずいぶんと古い。ほらと差し出され、なんとなく緊張してページをめくった。

「……あ」

拍子抜けした。それはよく見知ったものだった。

都心の風景写真。けれどそこからぽっかりと人間だけが消されている。数珠繋《じゅずつな》ぎの車の中には運転者がいない。歩道を進んでいるバギーには赤ちゃんが乗っていない。バギーを押す人もいない。思い上がりを神に罰せられて、人間だけが消されてしまったあとの世界。

自分の写真だ。けれど、こんな写真を撮った覚えはない。巧妙なレプリカ。いや、違う。あきらかに自分のものより完成度が高い。これは。もしかして。

「似てるだろう?」

視線を上げると、野口と目が合った。

「俺のほうが断然上手いけど」

ふふんと笑われる。やはりこれは野口の写真なのか。ファイルには日付が入っている。十年以上前ということは、野口が今の自分と同じくらいのときに撮られたものだ。

「若いころ、俺も木村伊兵衛《きむらいへえ》写真賞を狙ってた」

突然の告白に、まばたきを繰り返した。

「おまえと一緒」

「いえ、あの、俺は別に賞は……」

行きがかり上、なんとなくプロカメラマンを目指すことになってしまっているが、実際のところまだ肚《はら》が据わっていない。ましてやそんな大きな賞など――。

「まあ俺は獲れなくて、今、このざまだけど」

野口は平良の言葉を無視して話を続ける。

「ざまってことはないと思います」

野口は「まあねえ」とずずっと蕎麦をすすった。

「フォトコンでおまえの写真を見たとき、昔の写真が流出したのかと焦った。けどすぐに違うとわかった。だって俺より全然下手くそなんだもん。俺はあんな甘い撮り方はしなかった。なんだこの下手くそ、俺の真似しやがってって腹が立ってしかたなかった」

怒りをぶつけるように強く蕎麦をすすり、つゆがこっちまで飛んできた。

「そしたら還暦越えの審査委員長が学生らしくないとか言いだしやがったんで、その通り、こんなもんはクソだゴミだと同意して一次審査で落としてやった。ざまあみろ」

平良はぽかんとした。

「そんなみっともないこと言えると思うか？」

みっともないことをした自覚があるとは思えないほど、堂々とした態度だった。

「前に言ってたことと、全然ちがうじゃないですか」

「けどすぐに反省した。そのときにはもう手遅れだったわけだが、だからＯ大主催のカメラ講座におまえの名前を見つけたとき、罪滅ぼしに指導してやろうと思ったわけだ。そうじゃなかったら、学生相手の講師なんて面倒なこと引き受けるはずないだろう」

「あの……指導してもらった覚えがないんですけど」

「そう、あの日は仕事が押したんだ。だから全員に写真を送れと言った。本当はおまえだけでよかったんだが、さすがにそういうわけにいかないし、死ぬほど面倒だったが、大量のアマチュアのへなちょこ写真を添削した。なのに肝心のおまえが送ってこない」

「つまり、以前に聞いた野口さんの善人ぽい動機は嘘だったということですね」

「今、そういう話をしてるんじゃない」

「すみません。でもあまりにギャップがあったもので」

「おまえ、本音と建前って言葉知ってる？」

「知ってます」

「そういうことだよ」

偉そうに言われ、あの日、絶対に謝らなかった野口を思い出した。

「で、しかたないから〇大の部長に電話しておまえを呼び出した。初対面のおまえはなかなか気持ち悪かった。すごいキョドるし、人の目を見ないし、こんなやつが俺と似たような写真を撮りやがったのかと、それまで以上に腹が立ってきて」

そこで野口は息を吸い込んだ。

「どうしても、そばに置きたくなった」

平良は眉をひそめた。今、一瞬で話が飛んだ気がする。

「すみません。ちょっと意味がわかりません」

「人間はみんな自分がかわいいんだ」

「……はあ」

「大人になると、失敗だらけだった愚かな若い自分すら愛しくなる」

現在進行形で、失敗だらけで愚かな日々を生きている自分には未知の感覚だ。

「夢破れて十五年。長き時を経て、若いころの自分に似た写真を撮る弟子が木村伊兵衛写真賞を獲るとか、すごいロマンだと思わないか？」

「よくわかりません」

「まあそうか。ロマンっていうのはある程度の熟成期間が必須だからな。そういえば野口は若いころにこんな写真を撮っていたなと誰かが思い出す。次に俺の昔の写真が出てくる。十五年も前にすでにこんな写真が存在していたのかとみんなが驚く。そして当時の審査員の無能さが露呈されると同時に、俺の写真の価値の再発見につながるわけだ。ロマンの見本帖だろ」

「はあ」

「だから受賞インタビューのときは、俺のおかげだって言えよ」

「は？」

「今の自分があるのは、すべて師匠である野口大海《ひろみ》さんのおかげですって言うんだ。野口さんに見出してもらえなかったら今の自分はない、すべて野口さんの力ですって」

笑顔で言い切られ、さすがにむっとした。気持ちはわからないでもないが、勝手なノスタルジーを理由に、こっちの人生に乗っかってこられるのは迷惑だ。

「そんなむっとすんなよ」

「します。人の晴れ舞台に勝手に乗っかってこないでください」

するとも野口は、へえ？　という顔をした。

「学生相手になに無茶言ってるんですか、じゃないんだ？」

「え？」

「賞なんてって言いながら、ちゃんと晴れ舞台に立つ自分を想像してんじゃゃんか」

ふっと頭が空白になった。

「…………あ…………」

理解した瞬間、顔全体がぶわりと熱を持った。

野口はそんな平良をにやにや見ている。

「いえ、俺は、その」

「おまえの場合は、まずは自分の欲望を認めるところからはじめないとな」

本当に自分には無理だと思っているなら、むっとすることもなく、おもしろい冗談だと受けて流せただろう。それを真剣に考えてしまった。へりくだることで自分を守りながら、実は心のどこかで根拠のない自信を持っている、もうひとりの自分をさらされた。

意地の悪い引っ掛け問題にやられた気分だ。けれど、フォトコンの一次審査で落ちたときもひどく落ち込んだ。自分が落ちたのにあいつは通った、あいつの写真は自分よりもいいのかと仲間に嫉妬した。あれも『こういうこと』だ。

「……野口さん、ひどいです」

半泣きになりながら野口を見つめた。

「乗り越えろ。恥をかかずに大人になったやつはいない」

頭から湯気が出そうな平良に、野口はふっと目を細めた。

「面倒見のいい師匠に当たったことを感謝しろよ」

からかうみたいな笑顔の下にわずかな苦味が混じっていて、どこまでが冗談でどこからが本気なのかわからなくなってくる。けれど、野口が本気でこんな自分の面倒を見てくれようとしていることだけはわかる。そのことを、今は素直にありがたいと思えた。

「……これから、よろしくお願いします」

平良が頭を下げると、

「ああ、うまくやってこう」

野口がうなずいた。この人が自分の師匠なのだと、これからはこの人の下でいろいろなことを学んでいくのだと、初めてちゃんと自覚した。

昼食後、菜穂の家に戻ると清居がきていた。

「清居、なんでここに?」

「安奈が緊張するかもしれないから、顔見せてやれって社長に言われてたんだよ」

清居は差し入れのアイスクリームを指差した。

「平良、のんきにおしゃべりしてる暇ないぞ。自分のカメラ用意しろ」

「自分のカメラ?」

首をかしげる清居に、野口がにかりと笑った。

「もしかしたら、今日がこいつのプロデビューになるかもしれない」

「え、おまえが撮るのか?」

清居が珍しく目を見開いた。すごいなと言い、そのあと一瞬、ちらりと表情を曇らせたように見えた。なんだろうと気になったが、野口に急かされて機材を置かせてもらっている客間へと追い立てられた。清居もついてくる。

「照明はどうする。今日の天気だったら……いや、ま、とりあえず好きに撮れ」

バッグからカメラを取り出す平良に、野口が言葉をつぐむ。今日はあらかじめ自分のカメラを持ってこいと言われていたが、このためだったのだと今さら理解した。

けれど理解と行動は必ずしも一致しない。

こんなとんでもないチャンスを前にして、気持ちの針がまったく動かない。

「おい、そんな緊張すんな。撮る=紙面に載せるわけじゃない。今回は安奈と桐谷くんにとっても正念場だ。写真の選別は厳しくなるだろうし、まあ九十九パー使われない。まずおまえが俺を凌《しの》ぐ写真を撮れるはずがない。だから安心して砕かれろ。まずは経験だ」

冗談交じりに、平良をほぐそうとしてくれるのがわかる。

「いえ、そういう問題じゃない……と思います」

「じゃあなんだ。言ってみろ」

「それは……」

普通なら土下座してでもほしいチャンスを前に、馬鹿げたことを言おうとしている。ふざけるなと尻を蹴られて、追い出されてもしかたない。せっかくの師弟関係も壊れるかもしれない。けれど自分にとって、これはけっして譲れない魂の契約に近い。

「平良、時間がない。さっささと言え」

いらいらと急かされ、ぐっと拳を握りしめた。

「ポートレイトは、ある人以外、撮りたくないんです」

野口が「は？」と眉をひそめた。

「す、すみません。でも、そ、そうなんです」

——おまえの場合は、まずは自分の欲望を認めるとこからはじめないとな。

そうだ。きっとそうなんだ。だったらもう覚悟しろ。

「今、俺が撮りたいポートレイトは清居奏《そう》だけなんです」

野口はぽかんとし、清居は「ば」という形に口を開けた。馬鹿と言いたいのだろう。

「……すみません」

深々と頭を下げた。自分のような人間をかわいがってくれて、大きすぎるチャンスをくれた野口の顔を潰《つぶ》した。最低だ。けれど自分の気持ちがまったくそちらを向いていない。自分でもどうしようもない。

——大人になると、失敗だらけだった愚かな若い自分すら愛しくなる。

本当だろうか。こんな融通の利かない、馬鹿丸出しの無礼な自分でも？

「……まったくおまえは」

あきれたつぶやきに、おそるおそる顔を上げた。てっきり怒っていると思ったのに、野口は妙な顔をしていた。今にも笑いだしそうな、それを懸命にこらえている顔。

「ふざけんな！」

怒鳴ったのは清居だった。

「ちょっとすみません。こいつと話をさせてください」

清居はぐいぐいと野口を押し、部屋の外へと追い出した。

「おい、ちょ、清居くん？」

「すぐにすませます」

清居はぴしゃりと襖《ふすま》を閉め、小声で平良に詰め寄った。

「おまえはどれだけ馬鹿なんだ。これがどんなすごいチャンスかわからないのか」

「わ、わ、わかってる。でも駄目なんだ。今は清居以外は撮れない」

清居はこれ以上なく眉根を寄せた。

「なんでだよ。おまえには撮りたいもんはないんだろう。前に野口さんにそう言ったんじゃないのか。だったら、俺のことだってたいして撮りたいわけじゃないんだろう」

その言葉で、うやむやになっていた別居の引き金を思い出した。

「……と、撮りたかったよ。本当は、すごく清居を撮りたかった」

ぼそりとつぶやいた。初めて会ったときから清居にすべてを持っていかれた。自分が撮りたいのは清居だけだ。清居しかいない。けれど、そうとは言えない。その言葉は、自分には遥か高くそびえる壁だった。

「……最初は、見てるだけで満足だったんだ」

ぼそりとつぶやいた。見るだけで満足だったものが、恋人としてつきあうようになって、知らず知らずそれ以上を望むようになっていった。身の程知らずに肥大していく欲望が怖かった。触れてはいけない星をつかんで、その輝きを殺してしまうことが怖かった。

「そ、それに野口さんから聞かれたのは『プロとして撮りたいもの』で、でもプロのカメラマンに混じって誰よりも美しく清居を撮れる自信なんてない。技術もない」

誰よりも美しい至高のキングを、自分の手で汚すようなことはできない。そんなことを詰まりながら説明するうちに、清居の表情が鬼のように恐ろしくなっていく。

「この……っ、オレ様！」

思い切りすねを蹴っ飛ばされ、思わず声が漏れた。

「どんだけ自分勝手な理屈だ。俺があのときどんな思いをしたと思ってる」

「わからない。俺は清居の気持ちを推し量ったりは――」

「推し量れよ！」

「え？」

怒り、悔しさ、歯がゆさ。すべてが混じり合った目でにらみつけられ硬直した。

わからない。わからない。夜空の星の気持ちが、地べたの石ころにわかるはずがない。けれど、それではいけないのかもしれないと初めて思った。清居がこれほど感情をむき出しにすることは滅多にない。清居に言われれば、自分は努力をしなくてはいけない。

強制的に羽化を受け入れる虫になったように、自分を守っていた外側がぱりぱりとひび割れていく。痛い。怖い。けれど、もうさなぎのころは終わったのだと知らされる。

「……清居、ごめん」

清居を抱きしめようとしたときだった。

「盛り上がってるところ悪いんだけど」

びくりと見ると、わずかに開いた襖の隙間から野口がのぞいていた。我に返って清居と距離を取ると、にやにやと笑いながら野口が入ってきた。

「いやあ、そうかそうか、きみたち、そういう関係だったんですか。まあ愛の嵐の真っ最中にお邪魔して申し訳ないんですが、そろそろ撮影にかかってもいいかなーなんて」

清居を隠すように前に立ち、平良は頭を下げた。

「す、すみません。すぐに準備します」

慌てて部屋を出ようとしたが、こらこらと止められた。

「おまえが撮るんだよ。カメラ持ってけ」

「え、で、でも俺はさっき言った通りで」

「ああ、ほとほと嫌になる。そんなアホなところまで俺に似なくていいだろうに」

「え？」

「同じようなこだわりでチャンスを棒に振ったアホがおまえの目の前にいる」

「野口さんも？」

野口はしかめっ面で溜息をついた。

「師弟揃ってアホと頑固のミックスジュースだな。けど決定的に違うのは、俺には俺みたいな師匠はいなかったが、おまえには俺がいるってことだ。おまえは本当にラッキーだ」

簡単に言ってのけ、野口は清居に向き合った。

「よし、じゃあそういうことだから清居くんもスタンバイして」

「俺？」

「おまえらが愛の嵐ってる間に、こっちでもいろいろ変更があったんだよ。急だけど、安奈たちの友人として清居くんも入れてスリーショットを撮ることになった。これで二股疑惑も完全に晴れるだろ。ついでに平良の希望もクリアだ。さっさと用意しろ」

急すぎて血の気が引く平良を尻目に、清居がわかりましたとうなずいた。

「さすが、メンタル太いねえ」

　にやりと笑う野口に、清居は親指を立てて応えた。その光景に冷や汗が出る。駄目だ。これは神々の戦いだ。自分は入っていけない。しかし野口はさっさとしろよと言い置いて、無情にも現場に戻っていく。平良の焦りは最高潮に持ち上がった。

「き、き、清居、いきなり、こんな無理だ」

「なんでだ。俺なら高校時代から撮ってるだろ」

「そ、それはプライベートスナップだから」

「プライベートでも仕事でも、俺は俺だ」

　わかっている。それが清居だ。周りによって揺らがない。けれど自分は——。

「で、でも、でも」

　言葉がつっかえ、冷や汗の量が増えた。

「うるさい。俺につべこべ言うな」

　真正面からにらみつけられ、情けない弱音は喉元で凍りついた。

「おまえ、俺に逆らうのか?」

　まさか。まさか。大きく首を横に振る。

「彼氏のくせに、俺を誰より綺麗に撮るって言えないのか?」

　顎を軽く反らし、不機嫌そうににらまれる。

　——ああ、なんて、なんて綺麗なんだろう。

切れ長の涼しい目元も、長い睫《まつげ》も、薄くて形のいい唇も。

胸を鷲《わし》づかみにされて、そのまま絞り上げられているみたいに苦しい。

「……と、……撮る」

限界まで絞り上げられ、内側からしたたるように言葉が落ちた。

「……撮るよ。俺が、清居を、撮る」

震え声での宣誓に、清居は満足そうにうなずいた。

「野口さんより綺麗に撮らないと許さねえぞ」

冷たい一瞥《いちべつ》を投げ、清居は背中を向けた。背筋の伸びた後ろ姿を見送り、崩れそうになる膝を懸命に支えた。今すぐ膝をついて、清居が踏みしめた廊下にくちづけたい。けれど自分には使命があり、今すぐそれを遂行しなくてはいけない。

孤立無援。絶体絶命。しかしキングの命令は絶対だ。

――美しい清居を、俺が、誰よりも美しく撮る。

長い間、腰にさげていただけの剣を抜くときがやってきた。逃げることは許されない。震えながら、静かに、勇敢な心持ちで鞄からカメラを取り出した。

大勢のスタッフに囲まれた中で、カメラを持つ手は震えていた。みんな自分が野口の秘蔵っ子だという噂を知っていて、お手並み拝見という好奇心と少しの意地の悪さが透けた目でこちらを見ている。緊張でどくんどくんと心臓が爆《は》ぜている。

視線の先には安奈と桐谷、そして清居がいる。

さっきまで野口が撮っているのを横で見ていた。スタッフも安奈たちも、野口自身もリラックスしているように見えた。余裕だと思っていた。けれど自分が撮る立場になった途端、モデルたちから放たれる圧倒的な存在感に押しつぶされそうになった。

知らなかった。プロのカメラマンは、こんな圧迫感の中で撮るのか。しかもそれをけっして周りに見せず、モデルの気持ちを上げる言葉をかけ続ける。驚異だ。

「平良」

後ろから小さく野口が声をかけてくる。みんなを待たせている。

「……じゃあ、いきます」

震え声で撮影開始を告げると、安奈と桐谷が大丈夫かなという顔をした。最低なスタートだ。モデルを緊張させてどうする。がちがちに強張ったままカメラを構える。

瞬間、自分の目が吸い寄せられるように清居を中心に捉えた。

清居は不安そうなふたりとは対照的に、ごく自然にあらぬほうを見ている。

——ああ、清居だ。

春の教室で、夏の光が差す渡り廊下で、夕日に染まる放課後の教室で、いつも、いつも、ひ

っそりと盗み見ていた清居だった。あの美しい横顔に、今までどれだけ救われただろう。

清居を前にすると、あっけなく十七歳のころに引き戻される。

今は恋人で、キスをして、身体を重ねることすらしている。

なのにどれだけ触れ合っても、けっして縮まらない距離がある。

冒せないなにかに首根っこをつかまれ、屈服させられる歓びに震えてしまう。

ファインダーをのぞき込みながら、胸が激しく波打ちはじめる。

さっきまでの緊張とは別種の高揚感に飲み込まれてゆく。

一度目のシャッター音と共に、清居の世界に飛び込んだ。


安奈と桐谷のグラビアが出るという予告が出た途端、すごい反響があった。予約段階で雑誌が完売し、発売前から重版が決まった。双方の事務所に取材が殺到したが、写真を見てほしいというコメントが出されるだけで、世間の期待は否応なく高まった。

「そうやって煽るのやめてほしいよなあ。プレッシャーで食欲ねえわ」

そう言いながら、野口はどばどばとグラスにウイスキーを注ぐ。おつかれさまでしたと帰ろうとする平良に、「あ、これ」と出版社から送られてきた雑誌をくれた。発売前だから外で見るなよと釘を刺され、平良はうなずいてアトリエをあとにした。

早く雑誌を見たくて急いで帰宅すると、清居はすでに帰ってきていた。

「飯も風呂もあとにしろ。まずはこれだ」

清居の手には発売前の雑誌があった。事務所からもらったのだろう。

「おまえが帰ってくるまで見るの我慢してたんだ」

「ありがとう。俺も初めて見る」

いつもならアシスタントに任せるデータ整理を、今回は野口ひとりでやった。ソファに並んで座り、お互いの膝の真ん中に雑誌を置き、緊張と期待を持ってページをめくった。

「…………うわ」

ページを開いた瞬間、二輪の花が咲いているような錯覚を起こした。

窓から差し込む自然光の中、安奈と桐谷が背中を向けて皿を洗っている。まさか後ろ向きからはじまるとは思わなかったが、つつましく並んだ背中が、ふたりをつなぐ穏やかな愛情を伝えてくる。芸能界でもトップクラスの人気を誇るアイドルと女優という華やかさはない。素朴で、簡素で、道端に咲いている野の花みたいな自然な後ろ姿だった。

ソファでテレビを見ている桐谷の横で、料理本を読んでいる安奈。そのままの姿勢でうたた寝をしている二人。桐谷の大きな手が安奈の頭を包むように置かれている。柔らかな陰影の中で、ふたりが普段どんな時間を過ごしているのかが手に取るようにわかる。

「……すごい。いいな」

清居がぽつりとつぶやいた。以前のゲリラ豪雨のときのような力強さはなく、ここにいるのはただの恋人同士だった。好きな人と過ごす時間が幸せな、芸能人ではない、ただのどこにでもいる恋人同士。そのことを野口の写真はじわりと沁みる水滴のように訴えてくる。

次のページをめくり、心臓が大きく跳ねた。

庭に面した縁側で、安奈と、桐谷と、清居が話をしている。

「これ、おまえの写真だよな？」

「う、うん。でもなんで」

野口からはなにも言われておらず、使えるものはなかったのだと思っていた。

自分が構えるファインダーの中で、清居はふたりとなにかを話しながら笑っている。それは平良の敬愛を一身に集める孤高のキングではない。明るく、ゆったりと、満ちている。

ＲＡＷデータのチェックはしていたし、自然光を生かす範囲で最低限のレタッチはしておいた。けれど、実際に紙に刷られるとこんなふうになるのだと初めて知った。すっかり構えをといている、こんなやわらかな清居を、自分はいつ撮ったのだろう。

「俺、こんな顔してんのかよ」

清居が雑誌に目を落としたままつぶやく。

「今まで、こういう感じに撮られたことなかったかも」

戸惑っているような、照れくさそうな口調だった。

写真を見つめる自分の目から、ぽろりと涙がこぼれ落ちた。驚いた。なんだ、これは。どうして自分は泣いているんだろう。清居が驚いている。

「なにいきなり泣いてんだよ」

「わ、わからない。でも、あ、ありがとう」

自然と礼の言葉が出た。清居が怪訝《けげん》な顔をする。でも明確に、きちんと、言葉として組み立てられない。いつものことなのに、どうしようもないほどの歯がゆさがこみ上げた。

——どうして、この気持ちを言葉で伝えられないんだろう。

子供のころからおしゃべりは苦手だった。人は怖いものだった。そのうちこちらからも避けるようになって、唯一の逃げ場所だった写真の中で人を消してきた。

そんな自分に、こんな写真が撮れるとは思わなかった。

ありがとう、ありがとうと礼ばかりを繰り返す。

それさえも詰まってきちんと言えない。

みっともない自分を清居が見ている。

「……ありがとうは俺もだっつうの」

そう言い、平良の肩に自分の頭を乗せてくる。

シャツ越しに、ゆっくりと体温が移ってくるのを感じながら目を閉じた。

ぬるい海に浸かって、揺られているような気持ちになる。

幸せのど真ん中にいながら、この幸せはいつ終わるんだろうと、どこか追い詰められていくような普段の感覚とは違う。なにも怖いことがない。リラックスして清居と寄り添っていられる。初めて味わう穏やかさの中で、いつまでも目を閉じていたくなる。

けれど、こんな時間は今だけだろう。

この時間が過ぎれば、また混乱の明日がやってくる。嫌だし、怖いし、でも受け入れて、進んでいかなくてはいけない。そんなことを考えている自分がおかしかった。進んでいかなくてはなんて、本当に自分の言葉だろうか。信じられない。

「清居、ありがとう」

もう一度つぶやいた。

清居はじっと身を寄せたまま、うん、と小さくうなずいた。

不思議なほど静かで、甘く、希望に満ちた夜だった。

あとがき

唐突ですが、やっぱり気持ち悪い攻めが好きでした。

前作を出したのが二〇一四年の十二月なので、ちょうど二年ぶりです。続き物は間を空けずコンスタントに出すべし、というセオリーを裏切りまくってすみません。

そういえば今まで続編をあまり書いたことがありません。単純にくっついたあとよりくっつくまでの過程に萌えるというか、結ばれるまでにいろいろ揉めさせ、かつ長い時間をかけることが多いので、紆余曲折の末に結ばれたふたりの愛を信じたいというか、次巻で再度ごたつかせたくないというか、もしくは強固な恋愛関係を維持しつつ波乱を起こすというスキルがわたしにないという説もあります。……悲しい結論になってしまいました。

いろいろ理由が並ぶ中で、じゃあどうして「美しい彼」は続きが書けたのかと考えたんですが、平良《ひら》と清居《きよい》の場合くっついたのは形だけで、お互いのことをなにひとつ理解できていないという、恋愛としては絶望的に噛み合ってないふたりだからかなと思っています。

平良と清居を比べると、まだ清居のほうが相手を理解していますね。自分は平良を理解できない、ということを理解しているという、やっぱり絶望的な理解の仕方ですが。

人は相手を理解しないまま、どこまで恋愛感情を深めていけるのでしょう。そういう噛み合わなさの妙みたいなものに苦心しつつ、それ以上に気持ち悪い攻め大好きいいいいい、と自らの萌えの赴くままに書きました。はい、自分が一番気持ち悪かったです。

そういう無理解なふたりですが、実は小学生だったとき、放課後に流れる「家路」のメロディが嫌いだったということが今回の冒頭で明らかになっています。特に物語の中で触れてはいませんが、実はきみたち共通点があったんだよーと、読者さんたちだけが知っているという感じです。この先なにかの折に判明したら、きっと清居は嫌がるでしょう。

挿絵は前作から引き続き、葛西《かさい》リカコ先生に描いていただきました！　葛西先生の繊細で美しい清居を前にすると、「美しい彼」というタイトルにものすごい説得力が生まれます。ぐうの音も出ない圧倒的な美で物語を根っこから支えてくださる。本当に感謝でいっぱいです。

そして読者のみなさまへ。前作から二年も経ちましたが、続編発売の告知後、楽しみですという声をたくさんいただいて本当に嬉しかったです。ありがとうございました。ゆっくりとですが、恋愛も人生も前進しているふたりの様子を楽しんでいただけますように。


それでは、また次の本でもお目にかかれますように。

二〇一六年十一月　凪良《なぎら》ゆう

この本を読んでのご意見、ご感想を編集部までお寄せください。

《あて先》〒141-8202　東京都品川区上大崎3-1-1　徳間書店　キャラ編集部気付
「憎らしい彼」係

【読者アンケートフォーム】

QRコードより作品の感想・アンケートをお送り頂けます。

Chara公式サイト http://www.chara-info.net/

■初出一覧

プロローグ……書き下ろし
神さまのミスジャッジ……書き下ろし
憎らしい彼……書き下ろし
エピローグ……書き下ろし

Chara

憎らしい彼

……………………【キャラ文庫】

2016年12月31日　初刷
2025年6月20日　28刷

著者　凪良ゆう

発行者　松下俊也
発行所　株式会社徳間書店
〒141-8202　東京都品川区上大崎3-1-1
電話　049-293-5521（販売部）
03-5403-4348（編集部）
振替　00140-0-44392

印刷・製本　TOPPANクロレ株式会社
カバー・口絵　近代美術株式会社
デザイン　長谷川由香＋監物玲奈（ムシカゴグラフィクス）

ISBN978-4-19-900861-0

凪良ゆうの本

好評発売中

［美しい彼］

イラスト✦葛西リカコ

「キモがられても、ウザがられても、死ぬほど君が好きだ」無口で友達もいない、クラス最底辺の高校生・平良《ひら》。そんな彼が一目で恋に堕ちたのは、人気者の清居《きよい》だ。誰ともつるまず平等に冷酷で、クラスの頂点に君臨する王《キング》――。自分の気配に気づいてくれればいいと、昼食の調達に使いっ走りと清居に忠誠を尽くす平良だけど!?　絶対君主への信仰が、欲望に堕ちる時――スクールカーストLOVE!!

凪良ゆうの本

好評発売中

「初恋の嵐」

イラスト✦木下けい子

凪良ゆう
イラスト◆木下けい子
Yuu Nagira
初恋の嵐
presents:
商店街
全然好みじゃない変人のダサ眼鏡——
なんでこんなヤツ好きになったんだ!?
キャラ文庫

「俺は将来、悪徳弁護士になって金を稼ぐんだ!!」大学生と偽って蜂谷《はちや》の家庭教師に現れた同級生の入江《いりえ》。目的のためなら年齢詐称も厭わない現実主義者だ。有名ラーメン店の跡取りで、将来が決まっている蜂谷は、自分と正反対な入江に驚かされてばかり。共にゲイだと知っても「お互い範疇外だ」と言い続けていたけれど!? 築き上げた友情の壁は簡単には崩せない——こじらせまくった永い初恋♥

凪良ゆうの本

ここで待ってる
凪良ゆう
イラスト 草間さかえ
子持ちなのに、どうしてゲイバーで
男を誘うのに慣れてるんだ？
キャラ文庫

好評発売中

「ここで待ってる」

イラスト✦草間さかえ

おまえの体、キスするのに丁度いい——。初対面のゲイバーで大胆に誘ってきた小悪魔美人の飴屋《あめや》。空手道場の師範代で、恋愛ではいつもお兄ちゃん止まりだった成田《なりた》が、一目で本気の恋に堕ちてしまった…!?　ところが数日後、道場で再会した飴屋は、七歳の息子を持つ良きお父さん!!　一夜の情事などなかったように、隙を見せようとしない。どちらが本当の顔なのか…？　成田は不埒な劣情を煽られて!?

凪良ゆうの本

好評発売中

「おやすみなさい、また明日」

イラスト◆小山田あみ

「俺はもう誰とも恋愛はしない」。仄《ほの》かに恋情を抱いた男から、衝撃の告白をされた小説家のつぐみ。十年来の恋人に振られ傷ついたつぐみを下宿に置いてくれた朔《さく》太郎《たろう》は、つぐみの作品を大好きだという一番の理解者。なのにどうして…？　戸惑うつぐみだが、そこには朔太郎が抱える大きな闇があって⁉　今日の大切な想い出も、明日覚えているとは限らない…記憶障害の青年と臆病な作家の純愛‼